AF493337

Der Ranger

Ein Western-Roman

Richard G. Hole

Far West 3

ZUSAMMENFASSUNG

El Paso war aufgrund seiner Nähe zur mexikanischen Grenze die ideale Stadt für viele seltsame Dinge, wohin man traditionell die unerwünschten Waffen für die revolutionären Guerillas und Vieh schickte, um diese Guerillas zu füttern.

Der Schmuggel von Waffen und Vieh über die Grenze wurde von den Feinden Kaiser Maximilians hoch geschätzt, von den Franzosen auf den Thron von Mexiko aufgezwungen und von den Anhängern von Juarez gestürzt, und das nötige Geld spielte keine Rolle, wenn es darum ging Bereitstellung der nötigsten Elemente, um die Revolution und den Kampf am Leben zu erhalten.

Der Ranger ist eine Geschichte aus der Far West-Sammlung, einer Sammlung von Romanen, die im amerikanischen Wilden Westen entwickelt wurden.

DER RANGER

Kapitel I

BERUF DES RANGER

Harry Parker fand sich am Ende des Bürgerkriegs mit einem glänzenden Führerschein in der Tasche, einem Paar wohlverdienter Orden, drei unter dem abgenutzten Krieger versteckten Narben, einigen Sergeantabzeichen, die keinen Wert mehr hatten, und ungefähr fünfzig Dollar wieder für Kapital. All dieses Zeugnis einer sehr glorreichen und emotionalen Vergangenheit, aber nichts Wertvolles für eine sehr ungewisse Zukunft.

Denn der Krieg hatte mehrere Staaten außer Gefecht gesetzt, darunter auch Texas, das zwar geographisch keine schmerzhaften Narben erlitt, wenn es dem Chaos und der Desorganisation des täglichen Lebens angeklagt wurde.

Viele Ranches waren verschwunden, andere wurden als baufällig aufgegeben, das Vieh lief aus oder zerstreute sich, ohne dass sich jemand um sie kümmerte, weil es an Männern fehlte, die in den Konflikt verstrickt waren und als dies nicht genug war, Banditentum, Plünderungsaktionen, die Parteien der seelenlos in Banden vereint, um eine größere Aggressionskraft zu besitzen, beherrschten sie fast den gesamten riesigen Staat.

Harry dachte über seine Zukunft nach. Es war logisch, zu seinem eigenen Ding zurückzukehren, zu Pferd und Seil, sich eine Ranch zu suchen, auf der er sich niederlassen konnte, um ein durch den Krieg unterbrochenes Arbeitsleben wieder aufzunehmen, aber das, abgesehen davon, dass es nicht so war im Moment leicht, schien ihm nicht ganz zu gefallen, jetzt, wo er seinen Lebensweg geändert hatte und aus einem friedlichen Cowboy war er ein furchterregender Kämpfer geworden.

Ohne zu wissen, warum, hatte er eine Vorliebe für den Kampf gefunden, er war verführt von den gefährlichen Emotionen des Kampfes, der Ungewissheit, was passieren könnte, der Aufregung, die durch das Wissen erzeugt wurde, dass es einen nahen Feind gab, mit dem er kämpfen und seinen Kampf schärfen musste witz. , kontrollieren Sie Ihre Nerven und schärfen Sie Ihr Ziel, siegreich zu sein. All dies war ihm wie ein giftiger Virus ins junge Blut gedrungen, und er rebellierte, es aufzugeben, um wieder in das eintönige und vulgäre Leben auf der Weide einzutauchen.

Aber der Krieg war vorbei, und dieses Gefühl war denen vorbehalten, die sich außerhalb des Gesetzes befanden. Nur sie konnten sich der Gefahr weiterhin stellen, aber anonym, schleichend, ohne edle Absicht und mit der Entlarvung, nicht in einem Rechtsstreit im Sonnenlicht zu sterben, sondern an einem Seil hängend.

Und das war nicht das, wonach er sich sehnte. Er war ehrenhaft geboren, er hatte im Zeichen einer ehrenhaften Fahne gekämpft, und er konnte sie nach dem Krieg nicht blamieren. Er wurde nicht als Viehdiebe oder Räuber geboren, und er konnte sich nicht auf die Pfade stürzen, die er vehement zurückwies.

Aber stattdessen glaubte er, nach seiner schmerzlichen Kriegserfahrung für etwas Edles geboren zu sein. Der Mann, der während des Krieges so viele Mut-, Kühnheits- und Tapferkeitsprüfungen abgelegt hatte, war auf Gefahren gehärtet und konnte in den Momenten, in denen die Explosion des Banditentums eine Steigerung der Stärke im Feld erforderte, ein ausgezeichneter Ranger sein, noch viel mehr. Korps, um Recht und Ordnung durchzusetzen und die räuberischen Horden von den Wiesen und Bergen zu fegen, die die Lage des Staates noch schmerzlicher und ernster zu machen drohten.

Das gefiel ihm, es würde eine Fortsetzung dessen sein, was er gerade verlassen hatte, wenn auch in anderer Reihenfolge. Ein offener Kampf ohne Viertel mit einem verabscheuungswürdigeren Feind, weil sie nicht mehr oder weniger irrtümlich für eine Sache und unter der Flagge einer Flagge kämpften, sondern sie töteten aus Egoismus, Profit und dem Wunsch zu töten.

Ein Ranger zu sein, war seine einzige Illusion. Am Ende seiner sechsundzwanzig Jahre glaubte er, jetzt seine wahre Berufung entdeckt zu haben und seine Sehnsucht machte sie zum goldenen Traum der Zukunft, aber er sah die Möglichkeit einer Aufnahme in das Korps nicht ganz klar.

In jenen Momenten, in denen der Konfuzianismus regierte und niemand genau wusste, wer wer war, handelten die Kommandeure des berühmten und tapferen Korps mit enormer Vorsicht. Sie brauchten Waldläufer, aber sie achteten darauf, nicht mehr als Männer mit einer soliden moralischen Garantie zuzulassen, denn wenn sie nicht mit dieser Umsicht handelten, konnten sie faule, betrunkene, unerwünschte Personen in ihre Reihen bringen, die unter der Decke standen der glorreichen grauen Uniform jeder Division konnte nicht nur ihre makellose Bilanz entehren, sondern auch das Gift vieler verheerender Dinge in sie säen.

Und er war ein völlig Fremder ohne solide Unterstützung, die er mit einer Bewerbung einreichen konnte. Er wusste, dass es Zeitverschwendung wäre, es zu versuchen, und er war nicht hier, um es zu verschwenden, wenn seine finanzielle Situation prekär war. Er würde einen so schönen Traum aufgeben und durch die Prärie wandern müssen, auf der Suche nach einer möglichen Ranch, auf der er wieder demütig mit dem Lasso umgehen konnte, obwohl er es nicht für einfach hielt.

An dem Morgen, an dem er sein altes Regiment verlassen wollte, um der Kriegsumgebung zu entfliehen, suchte er vor seiner Abreise nach seinem Kapitän, um sich von ihm zu verabschieden.

Der Kapitän war ein tapferer Mann. Er war fast auf dem gleichen Schlachtfeld vom Leutnant aufgestiegen und Harry kämpfte bei vielen Aktionen an seiner Seite, einer seiner vertrauenswürdigsten Männer. Als er sich zum Abschied präsentierte, fragte der Kapitän:

„Nun, Junge, das ist vorbei. Wohin wirst du gehen und was wirst du jetzt tun?

„Das habe ich mich, mein Kapitän, gefragt. Meinen Nachrichten zufolge sind die Dinge in Texas nicht sehr klar und es scheint, dass das ganze Problem der Viehzucht ein Durcheinander ist, das einige Zeit in Anspruch nehmen wird. Ich weiß nicht, ob ich wieder eine Stelle finden werde, oder ich werde nach Kalifornien oder Arizona ziehen müssen, wo die Dinge etwas mehr in Ordnung sein werden. Es wäre mir eine Freude gewesen, mich jetzt um einen Platz bei den Rangern bewerben zu können, da es noch viele mehr braucht, um das Gesetz zu garantieren, aber ich weiß, dass dies sehr schwierig ist, weil es viel Auslöschung unter den Bewerbern gibt und nur diese die eine gute Bestätigung vorlegen können, sind zugelassen. Sie werden mir sagen, dass mein Dienstausweis bereits eine solide Garantie ist, aber ich glaube nicht, dass es das wert ist, weil es Leute gibt, die der Krieg aus Instinkt gezwungen hat, tapfer zu sein, und diese Tapferkeit wird jetzt sehr schlecht eingesetzt.

Der Kapitän starrte ihn an und fragte:

„Möchtest du wirklich zu den Rangern?

„Natürlich tun Sie das, mein Kapitän; Es ist mein goldener Traum Ich denke, dass ich jetzt, da ich die Angst überwunden habe, dass ich geschossen habe, dass ich in der Umwelt bin und der Gefahr keinen großen Wert beimesse, weil ich sie viele Male gelernt habe, eine gute Rolle spielen könnte das Korps. Ich bin jung, ich bin gesund, ich bin kein Feigling und ich habe eine große Ausdauer. Wenn ich an diese Bedingungen eine Garantie der Moral tragen könnte, würde ich, glaube ich, aufgenommen werden, und wenn dem so wäre, würden sie es nicht bereuen, mich in irgendeine Abteilung aufgenommen zu haben.

Der Kapitän antwortete lächelnd:

Denk darüber nach, Junge. Sie haben den Tod oft betrogen, warum sollten Sie ihm weiterhin unnötig trotzen?

„Ich weiß nicht, es wird sein, weil ich mich über sie lustig gemacht habe und ich keine Angst vor ihr habe.

„In diesem Fall werde ich versuchen, Ihnen zu helfen. Der Kapitän der Division K, der seine Mission in "El Paso" hat, ist ein Freund von mir; Wenn Sie Ihren Körper nicht verändert haben und immer noch da sind, hoffe ich, dass Sie auf mich aufpassen, denn Sie kennen mich gut und wissen, dass ich keinen faulen Apfel empfehlen würde. Ich gebe dir einen Brief für ihn und du stellst dich vor. Dann antworte ich nicht mehr, dass es alle Auswirkungen hat, die Sie beabsichtigen, aber mehr kann ich nicht tun.

„Und es ist zu viel, mein Kapitän", bestätigte Harry begeistert. Da Sie sein Freund sind und ihn kennen, werden Sie sicher sein, dass er Sie nicht mehr täuscht ... denn ich habe das Glück, sofort aufgenommen zu werden. Es wäre etwas, wovon keiner träumte.

„Nun, mach deine Sachen fertig und geh zurück, um den Brief zu holen.

Harry packte vor Freude seinen alten kleinen Koffer mit den darin enthaltenen Klamotten und Kleinigkeiten und stellte sich wenig später wieder dem Kapitän vor. Ein seltsames Fieber beherrschte ihn, und als er die Augen schloss und über die Zukunft nachdachte, sah er sich zu Pferd in der ehrenvollen Uniform der Treiber und durch die Landschaft jagen die Räuber- und Mörderbanden, die im Süden ihre verderblichen Aktivitäten ausführten, und Westen. aus Texas.

Der Kapitän hatte den Brief bereits geschrieben. Es war kurz, aber ausdrucksvoll und sehr schmeichelhaft, so sehr, dass der Junge errötete, als er las, was er über ihren Mut, ihre Loyalität und ihre Moral aussagte.

Bitte schön. Ich bin davon überzeugt, dass Sie willkommen geheißen werden, wenn die Chance auf eine Aufnahme besteht.

„Vielen Dank, mein Kapitän. Wenn ja, machen Sie mich zum glücklichsten Mann der Welt.

„Oder das Unglücklichste, Harry. Du weißt immer noch nicht, was das harte Leben der Ranger ist und welche Gefahren sie eingehen. Sie verdienen zu viel, was sie verlangen und für sie gibt es kein anderes Leben als Mobilität, Verfolgung, Gefahr, Leiden… Kälte, Schnee, Schlamm, Wasser, Sonne, Müdigkeit, Strapazen und Gefahren Viel Glück und geh in dieser Uniform so weit, wie du in dieser gekommen bist.

„Danke. Ich werde versuchen, ihn dort zu lassen, wo er es verdient.

Und sie legte den Brief weg und verabschiedete sich mit einem emotionalen Händedruck von ihm.

Harry erreichte "El Paso" mit den schnellsten Mitteln, die er finden konnte, was nicht viele waren, denn die Transporte waren so unzusammenhängend wie das Leben in der Nation und eines Tages, nach einer langen und sehr schweren Reise, würde er in der Stadtgrenze und Wut mit einem vor Begeisterung überquellenden Herzen, aber gleichzeitig mit der Angst, die größte Enttäuschung seines Lebens zu erleiden.

Die Stadt war voller Menschen. Das Ende des Krieges brachte eine große Dynamik mit sich, um das Leben in allen Bereichen neu zu organisieren. Die Menschen, aggressiv und optimistisch, bereiteten sich darauf vor, Unternehmen zu gründen, den Handel wieder aufzubauen, etwas zu tun, um die Wunden des Krieges zu heilen und den Hunger und den Ruin zu lindern, der viele Sektoren und viele Häuser verwüstet hatte.

Durch die Straßen zirkulieren auch einige getragene Uniformen der ersten Absolventen, die ihrerseits eine Unterkunft in ihren früheren Tätigkeiten oder in denen suchten, die ihnen die Notwendigkeit auferlegte. Darunter fehlte es nicht an sonderbar aussehenden Männern, Menschen, die haarscharf anzuprangern schienen, dass es keine anständige Arbeit war, die sie gerade suchten. El Paso war aufgrund seiner Nähe zur mexikanischen Grenze die ideale Stadt für viele seltsame Dinge, wohin man traditionell die unerwünschten Waffen für die revolutionären Guerillas und Vieh schickte, um diese Guerillas zu füttern.

Der Schmuggel von Waffen und Vieh über die Grenze wurde von den Feinden Kaiser Maximilians hoch geschätzt, von den Franzosen auf den Thron von Mexiko aufgezwungen und von den Anhängern von Juarez gestürzt, und das nötige Geld spielte keine Rolle, wenn es darum ging Bereitstellung der nötigsten Elemente, um die Revolution und den Kampf am Leben zu erhalten.

Dies war allen Grenzbewohnern bekannt und obwohl die US-Regierung sich nicht in den Prozess einmischen wollte und versuchte, jede Intervention zugunsten des einen oder anderen abzuschneiden, reichte ihre Macht in solchen verstörten Momenten nicht aus, um alles zu kontrollieren . den Verlauf des Rio Grande zu vermeiden und den illegalen Handel zu vermeiden, der, wenn er Katastrophen bei den Mexikanern hervorrief, weil er zur Aufrechterhaltung des kriegerischen Zustands beitrug, auch den Vereinigten Staaten schadete, weil sowohl das Vieh als auch die Waffen enteignet wurden zu den Viehzüchtern und sogar zu den eigenen Waffendepots der Nation.

Harry, der bereits seine Vision von einer friedlichen Stadt verloren hatte, obwohl sie laut und schroff war, schien sich in ihren Straßen vertrieben zu fühlen. Der Instinkt der Gefahr, in der er sich so lange befand, machte ihn misstrauisch, und ohne es zu merken, blickte er nach rechts und links oder auf und ab und glaubte, dass jeden Moment die unbekannte Gefahr auftauchen würde.

Schließlich fand er auf Nachfrage die Ranger-Kaserne. Eine ungewöhnliche Bewegung wurde darin beobachtet, Männer kamen und gingen, einige in Zivilkleidung, andere in Militäruniformen oder einem Gewand davon und alles schien darauf hinzuweisen, dass die Bewegung der Männer überwältigend und unkontrollierbar war.

Zwei Ranger mit einem müden Blick auf die Parade standen Wache am Tor. Harry näherte sich einem und fragte:

„Kapitän Walter, bitte?

„Kapitän Walter? Oh, der Kapitän kocht vor Wut, Junggeselle! Sie lassen ihn nicht in der Sonne oder im Schatten, er hat mehr als hundert Bewerber bekommen und ich glaube nicht, dass er sehr gut gelaunt ist Wenn Sie um einen Platz in der Division bitten, sollten Sie besser zurücktreten." Er hat es satt, Leute zu feuern und ihnen zu sagen, dass die Quote erfüllt ist.

Die Antwort war für Harry nicht sehr tröstlich, aber er durfte nicht kampflos zurücktreten und er antwortete:

„Ich habe einen Brief für ihn, von einem Kapitän, der an der Front war und ein enger Freund von ihm ist.

"Hmm! Naja, das ist eine andere Sache... Job, begleite den Freund zum Kapitänsbüro und erzähle ihm, was es gibt.

Der Posten führte Harry durch die Korridore und Treppen und führte ihn nach oben, wo Kapitän Walter sein Büro hatte. Er konnte von einem halben Dutzend Männer in seinem Büro schreien gehört werden.

„Es tut mir leid, aber es kann nicht hier sein. Gehen Sie nach San Antonio oder Vacco, wo Sie vielleicht Männer brauchen. Hier ist alles abgedeckt " und drängte sie nervös, um sie dazu zu bringen, das Büro zu verlassen.

Die Gruppe verschwand und der Kapitän sah den Ranger schnaubend an:

„Was passiert jetzt, Hiob?

„Mein Kapitän, dieser Ex-Kombattant sagt, er habe einen Brief von einem Freund von Ihnen von der Front mitgebracht. Deshalb habe ich ihn passieren lassen.

„Okay, Hiob, lass ihn.

Und er zeigte auf die Tür und deutete:

„Kommen Sie herein, Sergeant.

Harry kam aufgeregt herein. Vergeblich spürte er die Angst vor dieser Reise und konnte die Qualen, die ihm das bereitete, nicht verbergen.

Der Kapitän nahm den Brief entgegen, den der Anwalt ihm vorgelegt hatte, und fragte:

„Woher kommen Sie, Sergeant?

„Aus New-Orleans.

„Gute Seite. Warst du bei der Einnahme der Stadt dabei?

„Ja, mein Hauptmann. Ich war bei der Einnahme des Forts von San Carlos und später mit dem Rest der Truppen in die Stadt eingezogen.

„Du hast den Kupfer dort gut geschlagen, nicht wahr?

„Nun ja, mein Kapitän. Es war ziemlich "heiß" und einige verbrannten. Andere hatten Glück.

Der Kapitän nahm den Brief und suchte als erstes nach der Unterschrift. Er entzifferte es und lächelte erfreut.

„Wow, es ist von Gray! Haben Sie unter seinem Kommando gekämpft?

„Fast drei Jahre, mein Kapitän. Seit er Leutnant war.

„Guter Junge und Bravo. Es wird weit gehen.

Es gab einige Minuten der Stille, während ich den Inhalt des Briefes las. Als er fertig war, legte er es auf den Tisch und kommentierte:

„Grau schwärmt von dir, hast du es verdient?

„Ich weiß es nicht, mein Kapitän, aber er weiß, dass ich versucht habe, sie zu verdienen.

„Ausgezeichnete Antwort, Sergeant. So sollten Männer sein. Wie Sie mir hier sagen, ist Ihr Name Harry Parker.

"Jawohl.

"Wo wurden Sie geboren?

„Hier in Texas, in einer Stadt in der Nähe von Corpus Christi Bay.

„Warst du ein Cowboy?

„Ja, aber die Ranch meines Chefs wurde von den Guerillas des Südens dem Erdboden gleichgemacht und sein Vieh verschwand. Es gab keine Möglichkeit, zu ihm zurückzukehren.

„Ich verstehe. Nach allem, was ich sehe, hast du im Kampf zwei Medaillen gewonnen.

„Zumindest haben sie sie mir gewährt. Ich habe auch drei Narben, die ich nicht trage, weil sie hässlicher sind als Medaillen.

Der Kapitän lächelte; der kindliche Humor des Absolventen amüsierte ihn.

„Nun, und mit all dem Gepäck und der Empfehlung meines Freundes kommen Sie, um sich bei den Rangern zu bewerben.

"Ja, mein Kapitän. Wenn ich diese Empfehlung nicht gehabt hätte, hätte ich es nicht gewagt, weil sie mir gesagt hatten, dass es sehr schwierig sei und außerdem, um Menschen in zweifelhaftem Zustand nicht aufzunehmen, nur diejenigen, die eine solide Garantie vorlegen." Er bot es mir an und ich bedankte mich sehr, obwohl ... sein guter Wunsch nichts ist, denn ich habe schon gesehen, wie Dutzende kommen, um dasselbe zu verlangen.

»Stimmt, Sergeant, aber sie sind nicht alle gleich. Haben Sie jemals daran gedacht, dass Ihnen Ihr Abschluss in der Armee nichts nützen würde, selbst wenn Sie zugelassen würden? Hier werden Beförderungen aufgrund von Verdiensten im Dienste des Corps verdient.

"Das ist mir egal. In der Armee haben sie mich befördert, ohne dass ich ihn gesucht habe; hier würde ich, wenn ich reinkommen würde, vorsichtig sein, sie zu gewinnen. Ich weiß nicht, vielleicht liege ich falsch" , vielleicht werde ich scheitern, ich bin vielleicht nicht einer von vielen, wenn ich die Uniform tragen darf, aber wenn ich sie trage, werde ich meine ganze Seele und alles, was ich muss, in die Beförderungen stecken, die ich geben würde an meinen ehemaligen Kapitän als Bezahlung für Ihre Empfehlung Ich habe den Beweis, dass ich als Ranger geboren wurde und möchte testen, ob es wahr ist oder nicht.

„Nun, nachdem ich Ihnen diese Warnungen gegeben habe, kann ich Ihnen sagen, dass ich von den wenigen Plätzen, die für unvermeidliche Verpflichtungen reserviert sind, meinem Freund Gray einen als Geschenk anbieten kann. Ich weiß, dass er mir bei etwas, was ich ihn gefragt habe, genauso dienen würde, und ich weiß, dass er Sie nicht weiterempfehlen würde, wenn er sich nicht sicher wäre, dass Sie ihn gut verlassen werden.

„Also kann ich… damit rechnen… in das Corps aufgenommen zu werden und…

„Sag ich es dir nicht? Du bist zugelassen und wir werden prüfen, ob es wahr ist, wie du denkst, dass du zum Ranger geboren wurdest. Es gibt viele heikle Dinge zu erledigen, ich brauche genug Männer mit Mut für gewisse riskante und harte Dienste und Da Sie sich für gültig halten, werde ich Sie an einigen versuchen, die mir das Maß Ihrer Fähigkeiten geben.Die Beförderungen gibt es in diesen Diensten und Sie haben die gleiche Wahrscheinlichkeit wie andere, sie zu verdienen.

„Vielen Dank, mein Kapitän", rief Harry mit zitternder Stimme aus, „Sie wissen nicht, wie glücklich Sie mich mit diesem Zugeständnis machen und ich verspreche Ihnen feierlich, dass ich so weit wie möglich gehen werde, ich werde tun, was die am meisten und wo am meisten entlarvt wird. Ich werde mich zuerst entlarven. Wenn Sie jemals meinen ehemaligen Kapitän treffen und mit ihm über mich sprechen, möchte ich, dass Sie bestätigen, dass ich seiner Empfehlung nachkommen konnte und der Beste bin.

"Nun, nichts mehr Harry. Denn heute kannst du dich von der Reise ausruhen und morgen früh um neun Uhr kommen, um deine Zugehörigkeit aufnehmen und in die Liste aufnehmen zu lassen.

„Vielen Dank, Kapitän Walter. Morgen um neun haben Sie mich hier.

Er salutierte steif und verließ das Büro mit einem vor Freude hüpfenden Herzen. Der Traum, den er hegte und den er bereits für unmöglich hielt, war gerade durch einen einfachen Brief wahr geworden, aber dieser Brief enthielt all seinen patriotischen Geist, seinen Mut, seine Ehrlichkeit und seine Tüchtigkeit.

Ab morgen würde er Ranger werden, stolz die graue Pfadfinderuniform tragen und sich darauf vorbereiten, sich im Dienst zu beweisen.

Freudig suchte er für diese Nacht nach einem Gasthaus und nutzte den Tag, um die Stadt zu besichtigen.

Kapitel II

EIN GROSSER BESUCH

Am nächsten Tag war Harry zur verabredeten Zeit in der Kaserne und wartete darauf, dass der Moment gefilmt und in die Listen der Division aufgenommen wurde.

Er war nicht der einzige, der auf Einlass wartete, bei ihm war ein großer, blonder, schlaksiger Junge, mit sehr blauen Augen und lockigem Haar. Er schien von irischen Eltern zu stammen, nach seinem Typ zu urteilen.

Er war auch ein Absolvent, obwohl er wegen seines Kriegers, den er immer noch trug, nicht von einem einfachen Soldaten abgegangen war. Der junge Mann sah Harry respektvoll an, als er das Abzeichen des Sergeants auf seiner Tunika entdeckte. Militärische Disziplin war noch immer in ihm verwurzelt und er erhob sich mechanisch, als Harry eintrat, aber Harry befahl mit einer gebieterischen Geste:

„Setzen Sie sich bitte. Hier bin ich weder mehr noch weniger als jeder andere und wenn ich diese Abzeichen immer noch trage, dann nicht aus Eitelkeit, sondern weil ich keine anderen Kleider zum Wechseln hatte. Wie auch immer, ich werde es bald gegen ein anderes einfacheres und weniger auffälliges, wenn auch nicht weniger ehrenhaftes ändern. Ich werde eine Nummer mehr im Korps sein, und niemand muss sich daran erinnern, dass ich etwas in der Armee des Nordens war.

„Sind Sie bei den Rangers zugelassen worden?

„So scheint es, oder?

"Auch. Es scheint, dass von den vielen, die wir gestern versuchten, uns anzuwerben, nur du und ich dieses Glück hatten.

„In der Tat. Ich bleibe dank der beherzten Empfehlung des Kapitäns meiner Kompanie, mit dem ich drei Jahre lang gekämpft habe. Ohne ihn wäre ich nicht zugelassen worden.

„Ja, es ist sehr schwierig. Ich habe einen Job, weil ich der Bruder von Sergeant Bob Reggs bin. Mein Name ist Caro Reggs.

„Ich, Harry Parker.

„Ich freue mich, Sie kennenzulernen, Sergeant, und hoffe, dass wir gute Freunde und Kollegen werden, wenn wir derselben Firma zugeteilt werden. Mein Bruder ist ein Veteran der Rangers und wird im Corps sehr geschätzt. Ich wäre früher hineingegangen, wenn der Krieg nicht ausgebrochen wäre, aber als er ausbrach, sagte mir mein Bruder, dass ich mehr verdienen würde, wenn ich zuerst in die Armee eintreten würde, wo ich Übung und Zähigkeit lernen und erwerben würde. Es belastet mich nicht, denn in Wirklichkeit habe ich mich von einem harten Lernen befreit.

„Ja, Krieg lehrt viel und zeigt uns, ob wir später für so etwas wert sind. Du bist auch Texaner.

„Kein Zweifel. Wir wurden in der Nähe von Austin geboren, aber als mein Bruder zum Sergeant befördert wurde und dauerhaft in dieser Abteilung war, beschloss Bob, dass wir alle hierher kommen. Meine Mutter, meine Schwester Cynthia und ich kaufte ein Stück Land am Stadtrand von El Paso, wo wir eine sehr annehmbare Hütte und etwas Land haben, damit mein Bruder sich so gut wie möglich um die Familie kümmern konnte und wenn er keinen Dienst hat, gibt er etwas aus Zeit mit meiner Mutter und meiner Schwester.

»Meiner Mutter tut es etwas leid, weil sie immer Angst hat, dass meinem Bruder und jetzt mir etwas passieren könnte. Er wollte auf keinen Fall, dass ich mitmache, auch bei den Rangern, aber was soll ich jetzt besser finden, da alles aus den Fugen gerät? Hier verdienst du ein anständiges Gehalt, hast eine sichere Nahrung und kannst der Familie helfen. Mein Bruder hat lange Zeit unter dieser Last gelitten, aber jetzt kann ich ihm helfen, sie zu tragen, und zwischen uns beiden wird unser Bruder weder Erschöpfung noch Entbehrung erleiden. Hast du die Familie weit weg?

„Nur ein paar Verwandte zweiten Grades.

"Das ist noch schlimmer; Familie ist immer Trost und Zuflucht.

„Stimmt, aber wenn so etwas gewählt wird, was gefährlich ist, leidet die Familie darunter, an sein Glück zu denken, und man leidet darunter, an sie zu denken. Du weißt es.

"Es ist wahr, alles hat seine Vor- und Nachteile.

Die Anwesenheit von Kapitän Walter unterbrach den Dialog. Beide standen auf und salutierten militärisch.

„Hallo, Jungs", grüßte der Kapitän seinerseits. Sie nehmen jetzt Ihre Zugehörigkeit entgegen und die Voraussetzungen für Ihre Einreise sind erfüllt. Reggs, ich habe angeordnet, dass Sie, sobald alles in Ordnung ist, in die Firma aufgenommen werden, die Ihr Bruder befehligt. Er ist sehr daran interessiert, Ihre ersten Schritte zu begleiten, und da ich ihm etwas Wichtiges anvertrauen möchte, möchte ich, dass er Sie wiederum auf seine Seite nimmt und Sie auf die Probe stellt. Bob ist zu starr, um alles zu übersehen, was ihm nicht gefällt, und selbst wenn du sein Bruder bist, würde er sich nicht auf die Zunge beißen, wenn er mir den Bericht gibt.

„Vielen Dank, Captain Walter", erwiderte Caro bestimmt. „Mein Bruder wird keine Gelegenheit haben, mich falsch darzustellen.

„Ich werde feiern… Nun, Leute, ich lasse euch viel zu tun.

Ein Ranger machte sich auf die Suche nach dem Paar, um sie zu den Büros zu bringen, wo ihnen nach der Aufnahme ihre Position zugewiesen wurde, ihnen mitgeteilt wurde, was ihre Seesäcke in den Schlafzimmern waren, und sie wurden in das Lagerhaus gebracht, um ihre Uniformen liefern zu lassen .

Eine Stunde später trugen sie beide aufgeregt die nagelneuen grauen Uniformen und besaßen das Gewehr, den Revolver, beide mit dem Corps-Anagramm, die Reisetasche und später die Pferde, die sie reiten mussten.

Harry mochte seine wirklich. Es war ein prächtiges Exemplar, schwarz wie die Nacht, mit einem intelligenten Kopf und einem harten Skelett, das viele anstrengende Tage aushalten konnte.

Später sahen sie den Kapitän wieder, der lächelnd sagte:

„Nun Leute, ihr habt euren goldenen Traum schon erreicht; jetzt musst du dich nur noch würdig machen.

„Wir können es kaum erwarten, es zu beweisen", sagte Harry.

„Nun, vielleicht dauert es nicht lange. Jetzt kommt Bob, um sich um dich zu kümmern und da bis morgen nichts organisiert ist und du aufgrund deiner Qualität als Ex-Kombattanten keine vorherige Einweisung benötigst, kannst du heute Nachmittag ein wenig durch die Stadt laufen. Morgen wird ein anderer Tag sein.

Er ging von ihnen weg und kurz darauf erschien Sergeant Bob Reggs.

Harry mochte ihr Aussehen. Er war ein beeindruckend großer Mann, der, obwohl er seinem Bruder äußerlich sehr ähnlich war, menschlich mit allem nicht einverstanden war, da er viel größer war und sein Gewicht um vierzig Pfund übertraf.

Er war ein sehr dunkler Mann, mit rauer Haut von der brutalen Liebkosung der Elemente, und sein Skelett muss die Härte von Fels gewesen sein.

Aber trotz seiner strengen Geste als guter Militärmann hatte sein Gesicht etwas Anziehendes, vielleicht das sanfte Leuchten seiner blauen Augen, vielleicht die Einleitung eines natürlichen Halblächelns, das er verbergen konnte, weil es ihm angeboren schien, etwas, das… Harry mochte. im Extrem.

Bob trat vor und sagte:

„Sind Sie der neue Ranger Harry Parker?

„Auf Ihren Befehl, mein Sergeant.

„Ich glaube, du warst in der Armee.

„Das war ich tatsächlich.

„Und der Kapitän hat mir gesagt, dass er einige Medaillen und einige Narben hat.

»Stimmt, mein Sergeant.

„Nun, die Orden kannst du weiter tragen, auch wenn dir die Streifen des Sergeants hier nichts nützen. Sie können jedoch mit gutem Willen gerettet werden.

„Wir werden es versuchen.

„Nun, ich habe dir nichts zu sagen. Der Kapitän empfiehlt es mir mit Interesse und ich hoffe, dass Sie sich weder über mich noch ich über Sie beschweren. Ich mag es, dass Männer mich lieben, aber ich mag auch, dass sie wissen, wie man sich geliebt macht.

"Sie", fügte er hinzu und zeigte auf seinen Bruder, "vergessen Sie unsere Beziehung bei Diensten, denn wenn es um die Schauspielerei geht, werden Sie für mich nichts anderes als ein Ranger meiner Kompanie sein und ich werde ihr Sergeant sein." für dich.

«Ich denke, es ist besser, die Situation zu klären; andernfalls können Sie beantragen, zu einem anderen übertragen zu werden.

„Okay Bob, ich werde es mir merken.

„Nun, mehr gibt es nicht zu besprechen. Sie können heute haben und morgen beginnen Sie zu handeln.

„In diesem Fall", sagte Caro, werde ich Mutter und Cynthia besuchen, um mich von ihnen zu verabschieden und zu sehen, wie gut ich in dieser Uniform aussehe. Ich hoffe mit Ihrer Erlaubnis, Mr. Sergeant, dass Mutter und Cynthia ihn mehr finden hübscher als du.

„Okay, Caro, aber du wirst mir mehr Freude bereiten, wenn sie eines Tages denken, dass du auch mutiger bist als ich.

„Das ist nicht mehr einfach, Sergeant Reggs, aber wir werden es versuchen.

Der Sergeant lächelte und entließ seinen Bruder mit einem liebevollen Schulterklopfen. Caro zog an Harrys Arm und sagte:

„Als Sergeant ist er sehr starr, aber er hat ein Kinderherz und liebt uns alle wahnsinnig. Eigentlich war er derjenige, der uns alle vorangebracht hat.

Außerhalb der Kaserne fragte Caro:

„Was wirst du jetzt tun, Harry?

„Ich weiß es nicht, ich habe keinen vorgefassten Plan.

„Warum bringst du mich nicht nach Hause? Ich werde Sie meiner Mutter und meiner Schwester vorstellen und sie werden sich freuen, eine gute Kollegin von mir kennenzulernen.

Harry nickte. Zwischen der Langeweile allein und der Begleitung von Caro schien dies mehr abgelenkt.

Beide gingen an den Rand der Stadt auf der Ostseite. Dort, eine halbe Meile von den letzten Häusern entfernt, mitten auf dem Feld, stand die heitere und geräumige Reggs-Hütte, umgeben von einem großen, gepflegten Obstgarten.

Die Hütte, lang und massiv, hatte in der Mitte eine vorspringende überdachte Veranda mit Holzboden, die von einer Art rauer Veranda aus dicken, ineinander verschlungenen Ästen geschützt war.

An dem sonnigen, fröhlichen Morgen stand eine anmutige weibliche Gestalt auf der Veranda. Sie hängte Kleidung an einem Seil, das von einer Seite zur anderen der Veranda gekreuzt war, und ihre Position, auf den Zehenspitzen aufgestellt, um das Seil besser zu umfassen, betonte sie mit der ganzen Briosität ihres schönen, runden Körpers.

Caro erkannte sie sofort und bemerkte:

„Das ist Cynthia, meine Schwester.

Und er pfiff auf eigentümliche Weise schrill.

Die junge Frau, die die Pfeife auffing, drehte ihren Körper abrupt und sah in Richtung der Stadt. Als er entdeckte, dass die beiden Ranger vorrückten, rief er:

„Mama, Mama, es kommt Caro!

Und wie ein Reh rannte er schnell zu Caro.

Die beiden umarmten sich herzlich und Harry stand an einer Seite und bewunderte die sanfte, ruhige, aber dynamische und verführerische Schönheit des Mädchens.

Sie war blond wie ihre Brüder. Sie ähnelte Caro in ihrer Körperflexibilität eher als Bob, und der Ex-Sergeant berechnete, dass sie einundzwanzig Jahre nicht überschreiten sollte.

Seine Augen waren intensiv blau, aber das poetische Blau eines Sees, der unter der Liebkosung der Sonne schlief. Ihr Haar war von Natur aus lockig und bildete anmutige, lockere Schlingen. Seine Nase war ein wenig nach oben gerichtet, was seinem Gesicht eine verschmitzte und besondere Anmut verlieh und er hatte einen kleinen und schönen

Mund, durch dessen Lippen, wenn er lächelte, er die doppelte Reihe weißer, kleiner und gleichförmiger Zähne zeigte.

Das Mädchen, nachdem es ihren Bruder überschwänglich umarmt hatte, trennte sich ein wenig und bemerkte, ihn von oben bis unten untersuchend:

„Wie hübsch du in der Uniform bist, Caro! Du bist schöner als Bob!

„Sag es ihm nicht, er wird beleidigt sein.

„Bah! Bob ist durch nichts beleidigt und weniger davon. Du weißt, dass er uns alle sehr liebt.

In diesem Moment schien Martha, die Mutter der Reggs, vom Anruf ihrer Tochter angezogen zu sein.

Als er Caro in der Rangeruniform sah, hielt er für einen Moment inne und rief etwas traurig aus:

„Du hast es endlich geschafft, Caro. Das werde ich deinem Bruder nicht verzeihen...

„Aber Mom, den Rangers geht es sehr gut und dein Leben ist gesichert. Sie wissen, dass die Zeiten schlecht sind, um etwas Passendes zu finden und hier ... nun, ich kann wie mein Bruder Sergeant werden und ein gutes Gehalt verdienen.

„Ja, das ist alles in Ordnung, wenn es keine Diebe, Schmuggler und Räuber zu jagen gäbe. Es ist kein Gericht nach meinem Geschmack, zwei Kinder so mühsam großgezogen zu haben, dass sie eines Tages am Flussufer oder in den Bergen erschossen werden.

Komm schon, Mom, sei nicht pessimistisch. Bob ist seit vier Jahren bei den Rangers und man sieht ihn so lebendig und so gesund.

„Was in vier Jahren nicht passiert, passiert an einem Tag, Caro, und jetzt ist die Angst doppelt so groß, weil die Gefahr für uns beide besteht.

„Nun, denk jetzt nicht über traurige Dinge nach. Lass mich dir einen Partner vorstellen, der auf Bobs Befehl mit mir auftreten wird.

Dies ist Harry Parker, ein ehemaliger Sergeant der Nordarmee während des Krieges. Er hat mehrere Medaillen für Tapferkeit gewonnen und hat drei Narben am Körper. Sehen Sie, er wurde dreimal verwundet und doch lebt er.

Er wandte sich Harry zu und fügte hinzu:

„Das ist Martha, meine Mutter, und dies Cynthia, meine Schwester.

„Schön dich kennenzulernen“, sagte Harry ein wenig verlegen, denn Cynthias suggestive Schönheit hatte ihn beeindruckt und er war sich der Anziehungskraft der jungen Frau bewusst.

„Der Geschmack ist unser", sagte Martha, „und ich werde froh sein, dass Sie gute Gefährten sind und sich gut verstehen. Sie sehen aus wie ein ausgeglichenerer Mann und ich hoffe, Sie kümmern sich um diesen Verrückten, der sich um nichts kümmert für Bob ist er zu ernst, ich gebe zu, er hat seine Mission als Priesterschaft angenommen und er ist starr wie ein Stab aus Stahl, aber im Herzen ist er ein Junge, der als Löwe verkleidet ist wird all seine Sympathie gewinnen.

"Ich hoffe es, Ma'am, und ich für meinen Teil werde mein Bestes tun, um es zu erreichen. Wenn wir das gleiche Leben voller Sorgen, Jobs und Gefahren führen wollen, ist es nur fair, dass wir so miteinander verflochten sind, dass wir es sind." einer für alle und alle für einen.

„Gott hat es so gemacht. Jetzt fürchte ich, dass es viel trockener ist als in diesen drei Kriegsjahren. Während des Krieges war es relativ ruhig, es gab viele Leute an den Fronten und hier waren die Geschäfte arm, aber mit der Entlassung werden laut Bob viele gefährliche Kerle dieses Land stürzen, mit denen wir es zu tun haben erbittert kämpfen. um sie hier rauszuschmeißen. Diese verdammte Grenzstadt ist furchtbar, weil sie sich für viele schmutzige Geschäfte eignet und die Eskalation von Diebstahl und Schmuggel befürchtet wird. Harte Tage stehen dir bevor und das ist meine Angst.

„Der Krieg war auch hart und man musste täglich kämpfen; Aber sehen Sie, Ihr Sohn, ich und viele andere haben so viele Monate der Gefahr überstanden und sind zurückgekehrt.

„Ich verstehe, aber das erspart zukünftige Gefahren nicht. Diese sind bereits vergangen, aber was ist mit denen, die noch übrig sind?

„Wir werden sie mit Vorsicht durchgehen. Wir haben Erfahrung und kaltblütig und das ist viel wert.

„Gott lasse deine Worte bestätigen.

Die alte Frau lud sie ein, hereinzukommen, und auf der Veranda sitzend servierte sie ihnen Met, den sie im Brunnen erfrischen musste.

Harry war froh, dass er Caro begleitet hatte.

Die Anwesenheit seiner attraktiven Schwester ließ ihn alles vergessen und er wünschte sich, der Tag wäre endlos, um an ihrer Seite weiterzugehen.

Während seine Mutter seinen Bruder verhörte und ihm ausführliche und schwere Ratschläge gab, denen der Junge mit einem liebevollen Lächeln zuhörte, fragte Cynthia, neugierig auf unbekannte Dinge, Harry nach seiner Kampagne zur Einnahme von New Orleans, über die berichtet worden war. Sie sprach selbst in dieser Enge viel und fühlte sich bewundert von den vielen Ländern, die der ehemalige Feldwebel bereist hatte, von den verschiedenen Schlachten, an denen er teilgenommen hatte, und von den

Gefahren, die er eingegangen war, als er mitten im Kampf verwundet wurde Kampf und war dem Fallen in die Hände der Südländer ausgesetzt.

Caro und ihre Mutter lösten sich schließlich von dem Paar. Der Junge hatte die Idee angedeutet, seine neue Gefährtin zum Essen bei seiner Mutter einzuladen, und die alte Frau hatte die Einladung ganz natürlich gefunden.

Und so wurde Harry an den einfachen Familientisch eingeladen und verlängerte sein Zusammenleben mit ihnen um mehrere Stunden, was für ihn ein schneller Traum war.

Erst in der Abenddämmerung, als Caro ankündigte, dass es Zeit sei, in die Kaserne zurückzukehren, wurde ihr klar, wie lange und wie kurz es gewesen war. Auch Cynthia muss abgeschnitten worden sein, obwohl sie den ganzen Tag kaum etwas anderes unternahm, als mit dem Ex-Sergeant zu plaudern.

Der Abschied war herzlich. Martha schüttelte Harrys Hand und flehte:

„Kümmern Sie sich um meinen Sohn, Mr. Harry. Du flößst mir viel Selbstvertrauen ein, weil du wie ein sehr sitzender Mann scheinst und Caro eine Verrückte ohne Haltung ist. Sie sagen, dass diese Mission Ihrem Bruder Bob anvertraut werden sollte, aber Bob ... Bob ist nur ein Ranger-Sergeant. Sie verstehen mich?

Harry verstand sie. Er wollte andeuten, dass er, von seinem Abschluss und seiner Pflicht erfüllt, alles seiner Erfüllung opferte, jede Sentimentalität vergessend,

„Ich werde mein Bestes geben, Ma'am. Caro und ich werden eins sein und was dem einen gehört, gehört dem anderen. Was Bob angeht, verurteile ihn nicht so hart. Innerhalb der Disziplin gibt es viele Nuancen und unter einem Krieger schlägt immer ein Herz, von dem man sich nicht kalt lösen kann.

Cynthias Abschied war herzlich. Sie sagte einfach und schüttelte ihm die Hand:

„Es war uns eine Freude, Sie kennenzulernen, und ich hoffe, dass Sie uns wieder besuchen werden, wenn Sie wieder im Dienst sind und etwas Freizeit haben. Hier werden Sie mit aller Freude und Zuneigung empfangen.

„Danke, Cynthia, ich verspreche dir, dass ich dich bei jeder Gelegenheit besuchen und dir von unseren Abenteuern berichten werde. Ich hoffe, dass inmitten ihrer Aufregung alles gut und glatt geht.

Das Paar verließ die Hütte, um nach El Paso zurückzukehren, aber Harry fühlte sich vom Haus der Reggs so angezogen, dass er, ohne es zu merken, alle zehn Schritte den Kopf drehte und auf der Veranda nach der Silhouette von Cynthia Ausschau hielt, die mit einem Taschentuch in der Hand winkte ihnen zum Abschied zu.

Kapitel III

EINE GEFÄHRLICHE MISSION

Sergeant Bob Reggs war über eine Stunde in Captain Walters Büro eingesperrt gewesen, um sich mit ihm auszutauschen. Der Captain hatte dem Sergeant etwas sehr Wichtiges mitzuteilen, und beide hatten den Fall von allen Seiten studiert.

Als Caro und Harry in dieser Nacht in die Kaserne zurückkehrten,

Bob rief beide an und sagte:

„Wir werden über etwas sehr Wichtiges sprechen. Es ist an der Zeit zu handeln und die Fähigkeiten aller auf die Probe zu stellen.

Hör mir gut zu, Harry. Nach Berichten des Kapitäns befindet sich ein bekannter Typ namens Tymson Overman in El Paso. Es ist ein echtes Reptil mit fettiger Haut, das den rauesten Händen entgleiten kann, und bis jetzt hat es niemand dazu gebracht, es in die Hand zu nehmen und ihm Dinge vorzuwerfen, die in den Köpfen vieler Menschen sind.

»Tymson hat in diesem Teil der internationalen Zone viel operiert, aber er hat im Schatten operiert und sich gut bedeckt, damit niemand einen verwundbaren Punkt gegen ihn hat; Es ist jedoch bekannt, dass alle seine Besuche in El Paso mit skandalösem Schmuggel, Viehdiebstahl und anderen Raubüberfällen zusammenfielen, aber da er nicht persönlich operiert, konnte ihn bisher niemand bei einer Resignation erwischen, oder entdecken Sie sogar die Verbindung, die mit den Elementen seiner vermeintlichen Bande hergestellt wurde.

"Er kommt hierher wie jeder andere Dealer, er besucht Orte des Lasters, spielt, er gibt das Geld aus, er hängt mit den Mädchen in den Spielhöllen ab und es scheint, dass er in seinem Leben nichts anderes tun oder tun muss.

Und doch haben diese Besuche ein klares Ziel. Es ist wie bei einem General, der von einer dem Feind unbekannten Nachhut aus eine große Schlacht führt und jemanden benutzt, der sich mit ihm verbindet, die Bataillone bewegt und am Ende die Schlachten gewinnt.

„Wir wissen einiges über ihn, genug, um ihm schwindelig zu machen, wenn wir wollten, aber das führt zu nichts Praktischem, weil wir ihn einsperren mussten und seine gesamte Organisation methodisch arbeiten würde, was es nutzlos macht, die Jagd erhöhen.

„Tymson kennt alle Ranger der Division, ich meine alle, die es bisher gab, und er ist ein so guter Physiognomist, dass ein Gesicht, das er nur einmal in Uniform gesehen hat, nicht verblasst.

»Das verdirbt jeden Überwachungsversuch in seiner Nähe, denn er kennt sie und achtet sehr darauf, keine Hinweise zu geben, die uns zur Organisation seiner Truppe führen könnten, und zu wissen, wer sie sind, wie viele und wie sie operieren.

Aber jetzt, da einige neue Elemente in unsere Reihen aufgenommen wurden, hat der Captain verstanden, dass man um Tymson herum eine produktive Spionage versuchen kann, indem man einen Ranger in seine Nähe bringt, der ihm völlig unbekannt ist und von dem er nichts ahnen kann. Und im gegenseitigen Einvernehmen haben wir uns entschieden, ihm diese Mission anzuvertrauen, die mein Bruder in einem Doppelspiel unterstützen wird, falls er eingreifen muss.

»Im Prinzip geht es darum, die Spielhöllen, die er besucht, zu besuchen, bis er geortet ist, und von diesem Moment an darauf zu achten, alle seine Schritte sowie die Art der Menschen, mit denen er zu tun hat, zu kontrollieren, denn das ist unbestritten unter diesen Leuten muss es die Elemente geben, die sind Sie kommen als Verbindung mit der Bande und denen, die ihre Befehle hinterhältig übermitteln.

„Letztendlich musst du zu Tymsons Schatten werden, ohne dass Caro andere Aufgaben erfüllen kann, wie die Überwachung und die Fußstapfen von denen, die, indem sie sich auf ihn beziehen, verdächtigt werden, seiner Bande anzugehören.

„Wir vermuten, dass seine Anwesenheit in El Paso mit einer größeren Operation zum Transport von Waffen oder Vieh nach Mexiko zusammenfällt. Auf der anderen Seite der Kluft arbeiten diejenigen, die sich danach sehnen, den Kaiser zu stürzen, hart dafür, und ihr Hauptbedarf sind Waffen und Vieh.

„Aus den jüngsten Nachrichten, die wir erhalten haben, wissen wir, dass unter Ausnutzung des Lärms der Demobilisierung einige von den Absolventen gesammelte Waffenlager gestohlen wurden und diese Waffen eines Tages an die mexikanischen Revolutionäre gehen müssen, wenn wir dies nicht tun deren Abreise verhindern.

Und es muss aus mehreren Gründen verhindert werden. Erstens, weil sie Waffen der Nation sind, die jederzeit notwendig sein können; eine andere, weil sie einen Wert haben, den sie uns auf skandalöse Weise stehlen, und eine andere, weil wir beschuldigt werden, den Bürgerkampf eklatant zu begünstigen, indem wir behaupten, dass die von den Rebellen verwendeten Waffen von uns seien.

»Die Regierung schikaniert uns, damit wir diesen Schmuggel und Plünderungen um jeden Preis vermeiden, indem wir die Schmuggler entdecken und vernichten, aber das ist nicht so einfach, wie es von einem Schreibtisch aus sein sollte.

«Nun gehen wir davon aus, dass wir die Möglichkeit haben, den höheren Mächten den Mund ein wenig zu vertuschen, indem wir in etwas Wertvolles in diesem Sinne eingreifen, und wenn wir damit Tymsons Bande demontieren und alle vernichten, haben wir gewonnen und weniger Leute gegen denjenigen, der weiter kämpft.

„Als Fremder dieser Art können Sie sehr nützlich sein. Sie sind ein Kriegsmann, Sie kennen viele Tricks, und mit etwas Glück können Sie, da Sie den Rest haben, gute Dienste leisten.

«Ich habe den Kauf eines Cowboy-Outfits mit den Maßen bestellt, die seine Uniform zeigte, die ich ihm geben werde. Im Morgengrauen verlassen Sie die Kaserne ungesehen und haben von diesem Moment an scheinbar nichts mehr mit den Rangern zu tun.

"Mein Bruder wird getrennt handeln, obwohl Sie ihn an Orten finden werden, an denen ich häufig bin. Wir werden nicht vorgreifen, wie Sie Ihre Arbeit ausführen müssen, da dies Ihre Initiativen binden würde effektive Möglichkeit, Neuigkeiten zu kommunizieren, ohne dass Sie davon wissen.

„Sie werden einer der vielen Händler sein, die El Paso durchstreifen und nichts zu tun haben. Solange ihre Verbindung zur Division nicht entdeckt wird.

»Du, Caro, du hast auch deine Zivilkleidung, um dich ohne Uniform zu bewegen. Ich hoffe, dass Sie niemand erkennt, da Sie seit drei Jahren abwesend sind und es sehr selten sein wird, dass Sie jemand mit mir in Verbindung bringt.

„Es wäre für beide sehr wertvoll, wenn ihre Leistung ein Erfolg wird. Auch hier gewinnst du Beförderungen, wie im Krieg, Harry, und du kannst deine alten Abzeichen wieder tragen, wenn du sie dir so verdient hast wie ich, indem du viel entlarvst, aber mit Erfolg.

«Ich glaube, dass ich Ihnen im Moment nichts mehr zu sagen habe. Tymson ist hier bekannt und die Orte, die er am häufigsten besucht, sind La Alegría de El Paso und El As de Corazones, die beide im zentralsten Teil der Stadt liegen. Ich gebe Ihnen eine Beschreibung des Kerls und damit und etwas, von dem er in den Spielhöllen hört, werden Sie ihn am Ende finden.

„Ich kann es Ihnen nicht zeigen, weil es Verdacht erregen würde und Sie glauben besser, dass wir uns zu viele Sorgen machen müssen und Ihre Anwesenheit verpasst haben.

Nichts ist ihm wichtig, wenn er aufgrund eines Hinweises von hier wegziehen muss. In dem Gasthof, in dem Sie bei Ihrer Ankunft übernachtet haben, wird ein Zimmer für Sie angefordert und Sie finden Ihr Pferd im Stall. Verwenden Sie es bei Bedarf nach Belieben.

Harry, der den Aussagen des Sergeants aufmerksam zugehört hatte, antwortete:

„Ich denke, es wäre praktisch, wenn ich mich jetzt umziehe und direkt ins Gasthaus gehe. Hier habe ich anscheinend nichts zu tun und je eher ich mich davon löse, desto besser.

„Klingt gut für mich. Wenn du willst", fügte er hinzu und wandte sich an Caro, „du kannst für die Nacht nach Hause gehen. Du lässt deine Uniform dort und ziehst Zivilkleidung an.

„Das werde ich, Bob.

„Und ich erzähle ihnen nichts. Hier ist die Gelegenheit zu zeigen, ob sie für Rangers geboren wurden oder nicht. Ich werde feiern, dass der Test für uns beide abgeschlossen ist.

„Wir werden es versuchen, Sergeant.

Caro verließ die Kaserne, um in seine Kabine zu gehen, wo er die Nacht verbringen würde und Harry wechselte seine Uniform gegen die Kleidung, die der Sergeant für ihn vorbereitet hatte und bereitete seinen Auftritt vor.

Bob, der in ihm einen harten und entschlossenen Mann vermutete, verpasste ihm einen freundlichen Schlag auf den Rücken und kommentierte:

„Harry, mein größtes Vergnügen wird es sein, Zeit mit dir zu verbringen und zu sehen, wie du diese Abzeichen trägst, die du aufgeben musstest, wenn du dein Corps wechselst. Verdiene sie und du wirst mir Genugtuung geben, denn ich bin nicht neidisch. Wenn ich freihändig gehe, warum möchte ich dann nicht, dass andere nach oben gehen?

„Danke, Sergeant. Ich werde tun, was in meiner Macht steht, und wenn ich nicht aufsteige, sind sie wenigstens mit meiner Leistung zufrieden.

Und er verließ die Kaserne, um ins Gasthaus zu gehen.

Bob hatte sich während seiner Abwesenheit darum gekümmert, die Unterkunft zu mieten und das Pferd im Stall zu lassen, so dass er keine Schwierigkeiten hatte, sich einzuleben.

In seinem Zimmer angekommen, setzte er sich auf die Bettkante und überlegte, wie er die ihm anvertraute Mission am besten erfüllen könnte.

Er musste auf Tymsons Schritte achten und ihn im Auge behalten. Konnte dies im Falle eines weisen Mannes, der wusste, was auf dem Spiel stand, leicht sein und der mit hundert offenen Augen leben würde, um nicht überrascht zu werden?

Er hielt es nicht für sehr praktikabel, aber die Bestellung war knapp und er musste versuchen, was auch immer es war.

Doch plötzlich hatte er eine Idee. Was wäre, wenn er einen Weg suchen und finden würde, eine Beziehung zu Tymson aufzubauen und Teil seiner Band zu werden? Für diese hochexponierten Geschäfte wurden einige Männer benötigt, insbesondere wenn es darum ging, Caches in den Fluss zu werfen, denn die Ranger waren sehr wachsam gegenüber der Grande und mussten sich oft mit ihnen auseinandersetzen und den Cache mit Kampfgewalt durchqueren , entlarvt und sogar Männer zu verlieren. . Es würde nicht einfach sein, aber wenn sie das Glück hatte, sich auf Tymson einzulassen, könnte sie es vielleicht.

Und er beschloss, erst am nächsten Tag zu gehen, was er in dieser Nacht tun konnte. Er ging in den Spielhöllen herum und traf Vorkehrungen, um die Person des Schmugglers ausfindig zu machen.

Die Zeichen, die ihm der Sergeant gegeben hatte, waren eine Orientierung. Tymson war ein Mann von ungefähr vierzig Jahren, groß, mittelgroß, dunkel, mit einem sehr gepflegten kleinen Schnurrbart, lockigem Haar, und wegen ihm und seiner Haut schien er mexikanisches Blut zu zeigen. Als bestes Erkennungsdetail sollte er sich den Lappen seines linken Ohres ansehen, der einen Biss hatte.

Er glaubte, mit diesen Details keine Fragen zu stellen oder zu zögern. Diese Narbe war das beste Erkennungsmerkmal des Schmugglers. Und er ging auf die Straße, um die Spielhöllen zu besichtigen.

In La Alegría de El Paso entdeckte er niemanden, der eine Ähnlichkeit mit Tymson hatte, und verließ diesen Ort, um nach El Ace de Corazones zu fahren.

Es war ein besserer Ort, die Animation war großartig und der Lärm war donnernd.

Und da sie ihren Mann auch nicht entdeckte, beschloss sie, etwas Zeit zu verschwenden, falls er auftauchte.

Ein embryonaler Plan war geschmiedet worden und er würde versuchen, ihm zu folgen, soweit es die Umstände erlaubten, also setzte er sich an einen leeren Tisch in der Nähe eines Ortes, an dem vier unschön aussehende Typen Poker spielten, und bestellte ein bescheidenes Glas Brandy.

Der Kellner warf ihm einen Blick zu. Solche miserablen Kunden schienen dem Ort nicht sehr zugetan zu sein, aber er musste sich abfinden und ihn bedienen.

Harry hatte nicht die Absicht, es zu trinken. Er legte es auf die Tischplatte und machte sich daran, die Haustür im Auge zu behalten und verfolgte mit wachem Interesse alle, die im Raum auftauchten.

Es war mehr als eine Stunde her und er begann zu ahnen, dass ihm ein guter Schlaf fehlte, als er die Tür hin und her schwang und ein Typ auftauchte, der auf den ersten Blick zu der Beschreibung des Schmugglers zu passen schien.

Sie versteifte sich, indem sie ihre Aufmerksamkeit auf ihn richtete. Solange sie sein Ohr nicht sehen konnte, konnte sie nicht sicher sein, ob er der Mann war, an dem sie interessiert war.

Aber inzwischen musterte sie ihn neugierig. Wenn er kein Mexikaner war, sah er ihm sehr ähnlich und noch viel mehr, denn zu dieser Zeit war er wie ein typischer Sonora-Eingeborener gekleidet.

Guter Kerl, gutaussehend, sorglos beim Gehen, mit der Geste eines Mannes, der sich selbst als hart und selbstbewusst kennt, ging er aufrecht und herausfordernd. Sein wohlgeformtes Skelett verstärkte die Kleidung aus gutem Stoff und besserem Schnitt, und es war nicht verwunderlich, dass er überall auffiel, wo er vorbeikam.

Sie trug ein sehr glänzendes schwarzes Samtoutfit. Die an den Beinen ausgestellte Hose, der kurze und enge Bolero, das weiße Milliardärshemd, die scharlachrote Schärpe, die schmalen Stöckelschuhe und auf dem Kopf der klassische sehr hohe und spitze Hut mit den riesigen Flügeln leicht hochgeschlagen. .

Es muss wohl bekannt gewesen sein. Mehrere grüßten ihn im Vorbeigehen und einer rief:

Hallo, Tymson, wie ist dein Leben?

„Hallo, Manito", erwiderte er fröhlich, „ich war gerade in Santa Fe, um ein Geschäft zu erledigen und bin hierher gekommen, um einen Spaziergang zu machen, um das nicht zu vergessen. Ich sehe, dass El Paso sehr lebendig ist.

„Wie immer, Tymson, besonders für diejenigen, die mexikanische Unzen zum Ausgeben mitbringen.

„Daran fehlt es nie, Compadrito, da drüben läuft das Geschäft einfach gut. Das scheint nicht sehr gut zu laufen, wie sie mir sagen.

„Der Krieg hat alles vermasselt, aber die Leute beginnen, arbeiten zu wollen. Nach einem Jahr wird sich alles wieder normalisieren.

„Dann wird es nach einem Jahr darum gehen, hierher zurückzukehren, meinst du nicht?

„Und das jetzt?

„Seit ich hier bin, werde ich ein paar Tage Spaß haben und dann fahre ich zurück nach New Mexico, obwohl ich vielleicht nach Süden fahre, um zu sehen, wie die Ranches dort sind. Ich habe ein Angebot von großen Chargen von Geweihen zum Verkauf und sie könnten hier interessiert sein.

Er trennte sich von dem, der ihn daran gehindert hatte, diese Fragen zu stellen, und ging nach hinten. Jemand rief ihn von einem Tisch in der Nähe von Harrys an und Harry war froh, denn so würde er ihn näher sehen, da er zwischen seinem Tisch und dem daneben gehen musste.

Der, der ihn anrief, hatte eine Art Viehzüchter. Später erfuhr er, dass er es war und dass er manchmal mit Tymson gehandelt hatte, indem er ihm Geweihe verkaufte.

Tymson ging zu dem Tisch hinüber, den der Rancher besetzte und wie Harry berechnet hatte, war der direkteste Weg zwischen seinem Tisch und dem daneben. Mit wachsamen Sinnen wartete er darauf, dass der vermeintliche Mexikaner den schmalen Gang überquerte, und als er es tat, rückte er den Tisch ein wenig um. Tymson stolperte über den Rand, und das Brandyglas verlor das Gleichgewicht, kippte um und verschüttete die Flüssigkeit.

Aber Harry legte dem Protest kein aggressives Theater, sondern rief in klagendem Ton aus:

„Du hast mich vermasselt, Freund. Was trinke ich jetzt, wenn ich nur zwanzig Cent habe, um zu bezahlen, was ich verschüttet habe?

Tymson drehte sich um und rief mit einem Lächeln:

„Es tut mir leid, Cowboy, aber beeilen Sie sich nicht, das Trinken wird Ihnen nicht ausgehen. Hier, um mir Gesundheit zu bringen", und warf eine Unze Gold auf den Tisch.

Harry tat so, als würde er sie gierig ansehen und rief:

„Eine Unze! Ich hatte die Farbe von Gold vergessen. Gesegnet bist du, dass du es dir leisten kannst, sie großzügig zu geben, wenn einige von uns unsere Seelen an den Teufel verkaufen würden, um eine Handvoll davon zu erobern.

Tymson stoppte seinen Vormarsch und rief Harry an und rief:

Bist du ein Cowboy?

„Das war es, jetzt weiß ich nicht mehr, was zum Teufel ich bin. Ich habe drei Jahre in der Armee gekämpft; kauen Sie töricht an Blei und dann, wenn Sie keines mehr brauchen, ist es da; komponiere sie, wie du kannst, damit du mir nicht mehr dienst.

Er sagte es mit einem Akzent konzentrierter Wut und Tymson, der die Absicht hatte, sich zurückzuziehen, kommentierte:

„Nicht verzweifeln, Cowboy, vielleicht kommt der Job, den du brauchst, um dir das zu verdienen, was du willst. Trink und sei nicht pessimistisch " und fuhr fort, bis er sich dem anschloss, der ihn begrüßt hatte.

Harry dachte, er hätte in diesen Sätzen eine vage Warnung vor etwas verstanden, das ihm vorgeschlagen werden könnte und beschloss, nicht vom Tisch zu gehen. Er rief den Kellner an und zeigte ihm die Unze, bestellte:

„Ein Whisky vom Feinsten! Ich möchte auf die Gesundheit dieses rumpeligen Mexikaners anstoßen.

Der Kellner gehorchte der Bestellung und präsentierte kurz darauf den Whisky, den Harry mit Freude trank.

Innig fühlte er sich erheitert. Tymson war aufgefallen, dass es schon etwas war, aber das konnte seine Vor- und Nachteile haben. Wenn er sich nicht für ihre Person interessiert hätte, hätte sie sich ihm offenbart und es wäre sehr schwer für ihn, sich wie ein Schatten an seinen Körper zu klammern, um seine Bewegungen auszuspionieren.

Wenn er dagegen interessiert sein könnte, dann … irgendwann würde er gesucht werden, anstatt ihn suchen zu müssen.

Und wenn er so viel Glück gehabt hätte, hätte er erfolgreich damit begonnen, die Anweisungen seines Chefs auszuführen. Er liebte die Gefahr, um sie zu vermeiden und zu genießen, obwohl das Ende hinterher etwas Ungewisses war, das er je nach Fall überwinden konnte oder nicht.

Tymson sprach eine Weile mit dem Rancher, dann schüttelte er ihm die Hände zum Abschied und beschloss, ins Spielzimmer zu gehen. Als er aufstand um ins Wohnzimmer zu gehen, warf er Harry einen Blick zu, der sein Glas hob um ihm das Getränk zu reichen und der Schmuggler begrüßte ihn mit einer ausdrucksvollen Handbewegung.

Harry beschloss zu warten. Er mochte törichterweise ein paar Stunden der Nacht verschwenden, aber ein Ranger im Dienst hatte keine eigene Zeit. Was auch immer seine Arbeit verlangte, er musste es ihm geben, auch wenn er dafür tage- und nächtelang stehen musste, bis er von der Anstrengung erschöpft war.

Kapitel IV

ZWISCHEN PILLOS GEHT DAS SPIEL

Er hatte über eine Stunde allein gesessen, das Glas halb verzehrt, als eine Gestalt vor ihm auftauchte, von der er nicht genau sagen konnte, woher sie kam. Es ging um einen Mann Mitte Dreißig, groß, gut gebaut, sehr dunkel und trug ein ähnliches Outfit wie er. Die Erscheinung näherte sich dem Tisch und grüßte und sagte:

„Ist dir langweilig, Cowboy?

"Ein bisschen.

„Willst du dich vom Würfelspielen ablenken lassen?

„Danke, aber mir fehlt das Geld.

„Teufel, ich sehe Gold auf dem Tisch!

„Diese Unze wurde mir gerade gegeben und es muss dauern, bis mich der Teufel mitnimmt oder einen Job findet. Ich kann keinen Cent mit ihr spielen.

Ohne zu wissen warum, vermutete Harry, dass die Anwesenheit des Fremden nicht zufällig und spontan war, sondern eine vorgefasste Begegnung und fragte sich, ob sein Plan aufgegangen war und dass dieser Typ eine mysteriöse Verbindung zu Tymson hatte.

Sein Gesprächspartner schien nicht überzeugt zu sein und setzte sich neben ihn und sagte:

„Das ist eine andere Geschichte, Cowboy. Hier ist es wirklich schlimm und man findet nicht leicht einen Job. Das Thema Vieh ist erschüttert.

„Vieh und anscheinend alles. Ich hatte Illusionen, als sie mir die Lizenz gaben, weil ich glaubte, dass es jetzt viele Bauern braucht, und ich habe festgestellt, dass wir alle übrig sind. Das Panorama ist schön und angenehm.

„In der Tat ist es nicht so einfach, die Abstimmung aufzulösen.

„Aber du musst es lösen. Ich bin nach El Paso gekommen, um die Angelegenheit zu lösen. Wenn ich nicht bald etwas finde, überquere ich den Fluss und marschiere auf die andere Seite der Wasserscheide. Mir wurde gesagt, dass die Juárez-Anhänger mutige

Männer brauchen und sie gut bezahlen. Wenn der Teufel dich mitnimmt, lass ihn dich in einem Buggy mitnehmen.

„Würden Sie das tun, Cowboy?

"Warum nicht? Wenn ein Mann Arbeit sucht und sie nicht findet, wenn er essen und schlafen muss und kein Geld dafür hat, muss er sie irgendwo und irgendwie suchen. Von der Luft kann man nicht leben und Wenn die Regierung nicht in der Lage ist, das Leben derer von uns zu sichern, die sie dadurch aufgedeckt haben, lass es zur Hölle gehen.

Der Eindringling, nachdem er Harry Luft gemacht hatte, rief aus;

„Kennst du dein Handwerk gut?

"Hey, ich bin so ein Cowboy wie die meisten und das zeige ich am Boden.

„Aus Mut, wie geht es dir?

„Das Zertifikat ist an meinem Körper mit drei Narben von ebenso vielen Schüssen.

„In diesem Fall ist es für Sie möglicherweise nicht schwierig, einen Job zu finden.

"Wo und wie?

„Hier in El Paso.

„Sagen Sie mir, wer es beschaffen kann, dass ich Sie suche. Wenn mir diese Unze ausgeht, muss ich Geld von dort holen, wo sie existiert.

„Für dich irgendwo?

„Ja. Ich habe das Gasthaus für drei Tage in der Plaza Vieja bezahlt.

„Nun, warte dort auf eine Nachricht von mir, ich werde dich finden und dir Arbeit verschaffen.

"Wann?

„Es dauerte nicht lange.

„Das ist sehr elastisch. Ich kann drei Tage damit verbringen und das Abendessen bezahlt; aber nein, und wenn ich sie verliere, was mache ich als nächstes?

„Sie werden nichts verlieren, weil Sie ab morgen bezahlt werden, auch wenn es ein paar Tage dauert, bis Sie mit der Arbeit beginnen.

„Wer garantiert mir das?

"Mich.

„Und wer zum Teufel bist du? Ich kenne ihn nicht und es kann ein Witz sein. Nein, Kumpel, ich kann nicht mit der Zeit spielen.

Der Fremde nahm eine weitere Unze aus seiner Tasche und legte sie auf den Tisch und sagte:

„Glaubst du, das garantiert eine dreitägige Wartezeit?

„Das spricht schon in Gold. Ich kann diese drei Tage warten.

„Also rede nicht mehr. Zu gegebener Zeit werde ich ihn suchen gehen.

„Kann ich nicht mehr wissen? Um zu arbeiten, musst du mindestens wissen, was du verdienen wirst.

„Viel mehr, als sie ihm in einem anderen Team geben würden.

„Nun, ich sehe ihn sehr rätselhaft.

„Wenn es an der Zeit ist, dem Team beizutreten, werde ich Ihnen weitere Details mitteilen. Sie haben eine Unze Vorschuss und das Versprechen eines besseren Gehalts, ist das wenig?

„Nun, verzeihen Sie mir, dass ich misstrauisch bin, aber meine Situation ist dunkel. Ich hatte meine Projekte, wenn ich keine Arbeit fand und ich werde sie verschieben.

„Du wirst nichts verlieren. Bis ich danach suche.

Er verabschiedete sich von ihm und verschwand aus dem Joint.

Harry wagte es nicht, sich zu bewegen, falls alles verdirbt, aber der gesunde Menschenverstand sagte ihm, dass dieser Typ ein Gegenstand in Tymsons Diensten war. Er musste ihr gesagt haben, sie solle sich ihm nähern, und deshalb hatte sie ihn direkt angesprochen.

Und wenn ja, vermutete er, dass er dem Wolf ins Maul gehen würde. Jetzt war es wichtig, Bob oder dem Kapitän die Nachricht mitteilen zu können, aber er musste sich mit Bleifüßen bewegen. Vielleicht war er in diesen drei Tagen, die man brauchte, um seine Dienste zu entsorgen, sehr wachsam und konnte nicht verderben, was ihm der Zufall zum Sieg verholfen hatte.

Er zog sich in das Gasthaus zurück und überlegte dort, wie er Bob warnen sollte. Er konnte nicht in die Kaserne gehen oder einen Ranger für alle Fälle kontaktieren, und schriftlich war bekannt, dass er einen Brief an die Division geschickt hatte.

Und nach langem Überlegen dachte er, die Lösung gefunden zu haben. Er würde Cynthia einen Brief schreiben, damit sie ihn später ihrem Bruder überbringen konnte. Das Schreiben an eine Frau war überhaupt nicht auffallend, es sei denn, viele Dinge wurden untersucht, bis die Beziehung des Mädchens zum Sergeant festgestellt wurde.

Nachdem er den Brief geschrieben hatte, legte er ihn weg und fragte am nächsten Morgen den Stallburschen:

Wie konnte ich einem Mädchen einen Brief in die Hände bekommen? Ich mag das Mädchen, weißt du, aber ich bin nicht sehr leicht mit Worten zu sagen, was ich will und ... mit dem Stift ist es lockerer. Dann, nachdem sie meine Gefühle gut kennt ... die Dinge sind einfacher.

„Ich verstehe, Cowboy, ist das Mädchen von hier?

»Er hat eine halbe Meile östlich eine Hütte.

„Um den Brief zu sehen?

Als er den Namen las, antwortete er:

„Ich vermute, was es ist. Ich wohne bei meiner Mutter unter dieser Adresse und wenn sie heute Nachmittag den Dienst verlässt, kann ich sie liefern.

"Vielen Dank, Freund. Hier, für die Mühe", und reichte ihm einen Dollar.

Er musste dem guten Willen des Kellners vertrauen, damit der Brief sein Ziel erreichte.

Der Brief kam an und Cynthia zerriss überrascht den Umschlag. Darin befanden sich ein vierseitiges Blatt und eine Notiz. Die Notiz lautete:

> „Frau Cynthia: Tut mir leid, Sie zu stören, aber die Sache ist sehr heikel und ich muss. Ich kenne kein anderes Verfahren, um diesen wichtigen Brief in die Hände Ihres Bruders Bob zu bringen, und ich vertraue ihn Ihnen an Es ist extrem wichtig, dass niemand weiß, dass ich mit den Rangern verkehre.Bitte bring es so schnell wie möglich zu Bob.
>
> Sehr dankbar, Harry.

Die junge Frau las fasziniert das Blatt und schauderte. Dem Inhalt nach vermutete er, dass der Ex-Sergeant für eine Mission beauftragt worden war, die nicht nur schwierig, sondern auch sehr gefährlich war, da sie nichts weniger beinhaltete, als sich in eine Schmuggelbande einzuschleichen und Harry anscheinend erfolgreich war.

Ohne Zeit zu verlieren, wandte er sich an seine Mutter und sagte:

„Mama, ich gehe ins Dorf.

„Wozu, meine Tochter?

„Ich habe einen Brief von Harry, Caros Partner, an Bob zu überbringen.

„Und warum schickt er dich und nicht ihn?

„Aus vielen Gründen, Mama, ist es eine Frage des Dienstes. Ich werde es dir erklären.

Und ohne Zeit zu verlieren machte er sich auf die Suche nach seinem Bruder nach El Paso.

Bob war in der Kaserne. Als er die Anwesenheit seiner Schwester ankündigte, wurde er nervös.

„Warum kommst du?", fragte er und kam heraus, um sie zu treffen.

„Bring dir das hier. Es ist von Harry und er hat es mir geschickt.

Der Sergeant nahm den Brief fasziniert entgegen, und sobald er anfing, ihn zu lesen, leuchteten seine Augen grimmig.

„Okay, Cynthia, du kannst zurückkommen… Ah, wenn noch mehr kommen, bring sie ohne eine Minute zu verschwenden.

„Bob, was wird dieser Mann versuchen?

„Eine sehr logische und sehr ehrgeizige Sache, Cynthia. Holen Sie sich Ihre Sergeant-Streifen hier bei den Rangern zurück. Geh und lass dich nicht auf Dinge ein, die du nicht kennst.

Und er entließ sie mit seiner eigenen Schroffheit.

„Er hat sich sofort beim Kapitänsbüro gemeldet.

„Was ist los, Bob?", fragte Walter.

„Ich glaube, ich habe gute Neuigkeiten, mein Kapitän.

„Was was angeht.

„Auf Tymson und seine Gang.

„Teufel! So bald?

„Du hast Recht. Sein Vorschlag hat keine Zeit verschwendet und ich kann nicht erklären, wie er es geschafft hat, etwas zu tun, das sehr nützlich sein kann. Siehe diesen Brief, den du meiner Schwester geschickt hast, um ihn mir zu geben. Du hast darauf geachtet, ihn nicht hierher zu schicken in Vorfreude Lesen Sie, was darin zählt, ist sehr lecker.

Tatsächlich erzählte Harry kurz von seinem Vorfall mit Tymson und dann von seinem Interview mit dem Fremden. Seiner Meinung nach muss er von dem Schmuggler geschickt worden sein, um ihn einzustellen, ermutigt durch das, was er über seinen zukünftigen Job gesagt hatte. Er glaubte, dass er verzweifelt entschlossen war, alles zu tun, um Geld zu verdienen, und er hatte sicherlich diese drei Tage gebraucht, um auf ihn aufzupassen und sicher zu sein, dass er völlig isoliert war und mit niemandem in Verbindung stand.

Am Ende des Briefes fügte er hinzu:

„Schreib mir nicht, besuche mich nicht und tue nichts, um mir näher zu kommen, sondern beobachte meine Schritte und die des Mannes, der mich suchen wird. Ich bin entschlossen, dorthin zu gehen, wo sie mich hinführen wollen, und an dem teilzunehmen, was sie versuchen, als Köder zu dienen. Da ich nicht mehr tun kann, liegt es an Ihnen, meinen Spuren zu folgen, und den Rest hat das Schicksal arrangiert.

Walter rief, nachdem er den Brief gelesen hatte:

„Ich denke wie Harry, dass es eine Verbindung zwischen Tymson und dem Typen gibt, der ihn angesprochen hat, indem er ihm einen Job angeboten hat.

„Wenn ja, hat dieser Mann keine Zeit verschwendet und etwas erreicht, das sehr nützlich sein kann. Scheint mir ein mutiger Kerl zu sein und bereit zu gehen.

„Das scheint mir, die Frage ist jetzt, wie die Falle organisiert ist, um alle, die sich um dieses Thema drehen, hineinzuziehen. Ich verstehe, was Harry sagt; Es wäre sehr riskant für ihn zu versuchen, mit uns zu kommunizieren und wir sind diejenigen, die aufpassen müssen, den Köder nicht zu verlieren. Wenn dieser Mann es nicht bereut und ihn am Ende mitnimmt, wird er in die Bande aufgenommen, und wenn wir sie aus den Augen verlieren, wird er isoliert und vielen Gefahren und einer falschen Situation ausgeliefert, die sein wird für ihn sehr schwer zu überwinden. Es ist notwendig, sehr genau zu studieren, wie die Dinge gemacht werden, damit dieser kleine Faden oder der, der sich später daraus ergeben könnte, nicht reißt.

„Das ist richtig, mein Kapitän, und das Schlimme ist, dass wir nicht diejenigen sind, die der Strecke folgen können, weil sie uns sofort kennen würden. Diese Spionagemission muss neuen und bisher unbekannten Männern im Korps anvertraut werden, und von den wenigen, die es gibt, habe ich keinen Grund, auf ihren Scharfsinn und ihre Diskretion zu vertrauen. Ich habe meinen Bruder, den ich gut unterrichten werde und von dem ich hoffe, dass er mich nicht enttäuschen wird, aber von den anderen drei oder vier neuen weiß ich nicht, welche Fähigkeiten sie für diese Dinge haben werden. Es reicht nicht, mutig und rücksichtslos zu sein, selbst wenn sie es sind, denn diese Tugenden müssen sich in letzter Minute manifestieren. Im Moment, wie die Dinge präsentiert werden, müssen Sie einen Mann haben, der sich der Aufgabe widmet, in Tymsons Fußstapfen zu treten, und einen anderen, der demjenigen folgt, der Harry angeheuert hat, sobald er identifiziert ist. Später mache ich

„Wir müssen mit dem auskommen, was wir haben. Vertraue einem von denen an, Tymson zu folgen und seinen Bruder auf die Suche nach dem Gasthaus zu machen, wenn sie Harry suchen. Dann, basierend auf dem, was sie herausfinden, werden wir fortfahren.

„Wir werden unser Bestes geben, mein Kapitän. Dieser Fall ist nicht der vulgäre Fall der Verfolgung einer Bande von Viehdieben oder Schmugglern, denn die Bande ist unbekannt. Wenn es nur darum ginge, sie zu treffen, ich habe viele Männer mit Herz dafür.

„Ich übernehme das Kommando, aber irgendwie muss man sie aufspüren. Ich überlasse es Ihren Händen und vertraue darauf, dass alles gut gehen wird. Was ich bedauern werde, ist, dass dieser Mann in einem Abgrund stecken geblieben ist, aus dem er nicht leicht herauskommt. Wenn er, wie er sagt, bereit ist, bis zum Ende zu gehen, fürchte ich, dass der Preis für ihn eine Kugel von seinen eigenen Gefährten sein könnte, wenn wir die Bande ausfindig machen und abschneiden.

„Ich weiß nicht, ein Mann mit seinen Qualitäten findet immer Ressourcen, um Gefahren zu vermeiden, aber wenn er es nicht ist, gibt es in der Ehrenliste der Division einige Namen von Helden, die in Diensten glorreich gefallen sind. Sein Name wäre noch einer in der Kiste.

„Ich bevorzuge ihn lebend, Bob. Diejenigen, die am meisten wert sind, sind diejenigen, die wir am wenigsten verlieren sollten.

„Aber ohne sein Opfer weiß ich es nicht.

„Sie hätten wertvollere Dienste leisten können. Wer diese Uniform trägt, weiß, was er ausgesetzt ist und wenn er es akzeptiert, dann weil er zum Ranger geboren wurde.

Bob trennte sich in großer Sorge vom Kapitän. Die Angelegenheit war äußerst heikel und er würde eine große Verantwortung für ihren Erfolg oder Misserfolg tragen.

Und was ihn am meisten wütend machte, war, nicht in der Lage zu sein, persönlich zu handeln. Er vertraute niemandem wie sich selbst und hätte die Abzeichen aufgegeben, um sie sich wieder zu verdienen, solange er die Bewegungsfreiheit gehabt hätte, um Harry unterstützen zu können.

Aber er würde sich damit begnügen müssen, diese Mission seinem Bruder anzuvertrauen. Er schmeckte mutig und entschlossen, aber er war seiner Haltung gegenüber sehr misstrauisch. Er war zu jung und impulsiv, und er fürchtete, es fehle ihm an der nötigen Coolness, um keine Ungestüme zu begehen, die alles Verdiente ruinieren könnten.

Er musste in seine Kabine gehen, um ihn zu suchen, da vereinbart worden war, dass er nicht in der Kaserne erscheinen sollte. Caro hatte bereits von Cynthia von Harrys Aktivitäten gehört und wollte unbedingt in Aktion treten.

Bob gab ihm eine ernsthafte Überprüfung, um ihm zu vermitteln, dass er mit Maß vorgehen und sich nicht von dummen Impulsen oder eingebildeten Handlungen hinreißen lassen sollte, die für alle schädlich sein könnten. Er musste bedenken, dass der

Feind eine sehr wertvolle Geisel in den Händen halten würde und dass für das Leben dieser Geisel gesorgt werden musste.

Und nach diesen Empfehlungen vertraute er ihm die Mission an, Harry zu überwachen, bis er sah, wie er jemanden kontaktierte. Dann würde er seinen Partner verlassen, um der Schatten des anderen zu werden.

Um Tymson im Auge zu behalten, wählte er aus den drei neuen Mannschaften denjenigen aus, der am versiertesten schien, und befahl ihm nach unzähligen Anweisungen, den Schmuggler ausfindig zu machen, seine Bewegungen zu überwachen und vor allem die Menschen, mit denen er verkehrte.

Harry wartete nach diesem seltsamen Gespräch mit dem Fremden. Getreu seinem Versprechen wartete er einfach ab und sein Leben könnte eintöniger nicht sein. Er stand spät auf, ging durch die Stadt, machte nächtliche Besuche im Lokal, beschränkte sich auf einen einzigen bescheidenen Drink, und er hatte mit niemandem ein Gespräch oder ein Wort gewechselt.

Wenn sie dies überprüfen wollten, mussten sie mit ihrem Verhalten zufrieden sein, denn es konnte kein größeres Gefühl der Isolation geben als ihres.

Mehrmals hatte er entdeckt, wie Caro das Gasthaus bewachte oder ihm aus der Ferne folgte, aber keine Grimasse, keine hinterhältige Begrüßung oder irgendetwas, das ihm unbekannte Augen erblickten. Caro existierte nicht, obwohl sie wusste, dass er ihr Schatten geworden war.

In der dritten Nacht, nach seinem Besuch in der Spielhölle, kehrte er in die Hütte zurück, und als er sie erreichte und die Tür zu seinem Schlafzimmer öffnete, fand er die Person, mit der er drei Nächte zuvor zu tun hatte, auf dem Bett sitzend. Harry sah ihn erstaunt an und fragte:

Was zur Hölle machst du hier?

„Siehst du, wartet auf dich.

„Und wie bist du reingekommen?

„Ich habe um eine Unterkunft gebeten und sie haben mir das Nebenzimmer gegeben. Da die Schlüssel offenbar einschloss sind, ist es mir nicht schwer gefallen, ihn zu öffnen und ruhig auf ihn zu warten.

"Sehr gut und...

Er starrte auf seinen kleinen Koffer. Es zeigte Anzeichen, dass es geöffnet worden war, und für einen Moment war es angespannt, aber es war schnell wiederhergestellt. In Erwartung all der Eventualitäten in ihr gab es absolut nichts, was ihn kompromittieren könnte.

Was wolltest du sagen?

„Dass wenn der mögliche Arbeitsvertrag auch die Freiheit beinhaltet, mein Gepäck zu durchsuchen.

„Es ist möglich, Freund Harry.

Er sah ihn an und täuschte Misstrauen vor.

„Hey, ich kann mich nicht erinnern, dir meinen Namen oder deinen gesagt zu haben.

„Das ist egal. Ich kannte seinen; meins wird es mit der Zeit wissen.

„Das erscheint mir zu mysteriös.

„Ich werde Sie davon überzeugen, dass es kein solches Geheimnis gibt. Ich brauche ein paar geschickte Männer, die gemäßigt sind, auf schnellstem Wege Geld verdienen wollen, aber mit Garantien, dass ihre Leute nichts mit Elementen zu tun haben, die uns überhaupt nicht interessieren. Hier kommt die Registrierung Ihres Gepäcks ins Spiel.

„Was habe ich erwartet, in ihm zu finden, einen Drachen mit hundert Köpfen vielleicht?

„Etwas Ähnliches, aber jetzt, wo ich weiß, dass er ihn nicht eingesperrt hat, ändern sich die Dinge.

»Die Arbeit, die wir machen werden, ist sehr lukrativ, wir bezahlen diejenigen, die daran teilnehmen, sehr gut, aber da es etwas ist, das bestimmte Elemente nicht mögen und sie ihre Nase hineinstecken, müssen wir streng sein Vorsichtsmaßnahmen.

„Hmm! Schmuggelware vielleicht?

„Warum glaubst du das so?

„Wenn wir nicht in El Paso wären, uns nur der Fluss von Mexiko trennt und ich nicht wüsste, dass dort Waffen und Vieh gut bezahlt werden, würde ich das nicht glauben.

„In der Tat, darum geht es. Der Vorrat ist wichtig, wir brauchen mehr Leute als wir haben und es war lange Zeit notwendig, nach mehr Männern zu suchen, die uns helfen und für die wir die maximalen persönlichen Garantien erhalten.

„Bei einer Gelegenheit wollten wir einen Ranger in unsere Reihen aufnehmen. Das Ding war sehr gut erfunden, aber er verachtete uns zu sehr und es war sein Verderben. Er hatte sich den Luxus erlaubt, sein Ranger-Abzeichen in seinem Koffer zu verstecken. und sie mussten ihn damit begraben.

Harry musste sich enorm anstrengen, gleichgültig zu erscheinen. Auch er behielt seinen Schneebesenteller, hatte aber darauf geachtet, ihn unter das Futter seiner Weste zu nähen, um nicht gesehen zu werden.

Und mit einem seltsamen Lächeln fragte er:

„Also ... was ich gesucht habe, war eine dieser Plaketten.

„Das oder etwas hat mir nicht gefallen, bevor ich den Deal abgeschlossen habe. Jetzt kann ich dir einige Dinge sagen, die ich dir vorher nicht gesagt hätte.

„Sie wurden an diesen drei Tagen ausspioniert und haben keinen uns unbekannten Schritt getan. Da wir verifiziert haben, dass Sie mit niemandem in Beziehung stehen, dass Sie völlig allein sind und nichts verbergen, was uns schaden könnte, hat der Test für Sie gepasst und wir können jetzt vorbehaltlos sprechen.

„Der Job, den ich Ihnen angeboten habe, steht noch. Es geht darum, ein wichtiges Waffenlager für die mexikanischen Revolutionäre auf die andere Seite des Flusses zu bringen in weniger als zwei Wochen mehr verdienen, als wenn Sie ein Jahr auf einer Ranch arbeiten würden.

„Nun, das Angebot ist verlockend, aber was ist mit der Gefahr?

„Die Gefahr ist relativ. Wir haben viele Caches und sogar große Herden passiert, ohne den Rangern zu begegnen. Wir haben sie auch unter Beobachtung und achten darauf, ihre Bewegungen zu kontrollieren. Dies ist ein Kampf im Schatten, in dem wir versuchen, uns übereinander lustig zu machen, und manchmal machen wir uns über sie lustig und manchmal haben sie etwas Glück und finden uns.

„Aber trotzdem nützt es ihnen oft nicht viel, weil wir gut bewaffnet, gut vorbereitet und mit genug Leuten ausgestattet sind, um uns davor zu bewahren, erwischt zu werden. Mehr als einmal haben wir mit ihnen gekämpft und haben sie an einer Stelle in Schach gehalten, während er an einer anderen den Cache durchquert hat.

„Es stimmt, dass manchmal einige auf beide Seiten gefallen sind, aber das ist ein Wagnis, das mit der Vergütung ausgeglichen wird.

»Was vorbereitet ist, ist sehr wichtig und muss gut bewacht und gut verteidigt werden. Anfangs hat der Häuptling jedem Mann, der dem Cache hilft, den Fluss zu überqueren, tausend Dollar zugeteilt, und später, wenn er unversehrt ankommt, wird eine Prämie entsprechend dem von der Lieferung abgezogenen Nutzen erhoben. Wenn die Dinge später gut laufen und es für ihn bequem ist, mit uns fortzufahren, wird er 100 Dollar pro Monat und einen Prozentsatz der neuen Caches, die weitergegeben werden, oder der Pakete, die zu uns kommen, berechnen. Wenn nicht, kann Ihre Verpflichtung auf der anderen Seite der Kluft auslaufen und mit diesem Geld können Sie gehen, wohin Sie wollen, denn wir werden uns auflösen, um die Spur zu löschen, und wir werden uns wieder anschließen, wo und wann es angebracht ist.

»Du wolltest zu den Mexikanern gehen, um sich ihrer Seite anzuschließen und dein Schlagloch zu retten. Sie würden nicht so viel oder weniger exponiert bezahlt werden als bei uns.

„Nun, ich sehe, dass Sie über meine Gedanken gut informiert sind. Ich bestreite nicht, dass das meine Idee war, aber es machte sie davon abhängig, Arbeit zu finden oder nicht. Natürlich sehe ich die Arbeit jetzt nicht als Perspektive und zwischen nach Mexiko zu gehen oder zu akzeptieren, was er mir vorschlägt, ist die Wahl nicht zweifelhaft: Das interessiert mich mehr.

„In diesem Fall lasse ich ihn ein paar Stunden schlafen, denn im Morgengrauen rufe ich ihn zu mir.

"Weit weg?

„Das wirst du schon wissen.

„Das sage ich für den Fall, dass ich das Pferd nehmen oder hier lassen muss.

„Du brauchst das Pferd genauso wie deinen Revolver.

„In diesem Fall bin ich bereit zu gehen.

„Nun, da es spät ist, geh ins Bett. Ich werde Sie anrufen.

Der Schmuggler wollte gehen. Harry hielt ihn auf und sagte:

„Darf ich jetzt wissen, wie ich dich nennen soll?

„Ja, mein Name ist Morley.

„Nun, mehr nicht; bis zum frühen Morgen, Morley.

Als Harry allein war, setzte er sich seinerseits auf die Bettkante und gab sich tiefen Gedanken hin. Sein Plan hatte gut funktioniert und er wusste, dass er voll und ganz in Tymsons Gang involviert war, aber damit hatte er kaum etwas vorangebracht.

Von diesem Moment an würde er in den Netzwerken jener harten Leute eingesperrt sein, die nicht die geringste Spur von Verrat verziehen. Morley hatte zynisch gestanden, dass der Ranger, der so tat, als sei er mit seinem Abzeichen begraben worden, und dies warnte ihn vor der Gefahr, dass er einmal gefesselt in die Maschen dieses dunklen Netzes rennen könnte.

Aber er fragte sich, ob er mit diesem dramatischen Abenteuer etwas gelöst hatte. Offenbar ging alles überraschend und schnell. Sie hatten ihn drei Tage lang beobachtet, wie er es befürchtet hatte, und obwohl Caro sich bemüht hatte, in seine Fußstapfen zu treten, war nichts entdeckt worden.

Jetzt wusste er auch kein Wort von dem, was vor sich ging, weil Morley darauf bedacht war, sich ihm in seinem Schlafzimmer zu nähern, ohne dass ihn jemand sah oder seine Beziehung zu ihm erriet.

Und sie wollten im Morgengrauen aufbrechen. Wenn Caro, wie es damals logisch war, nicht um das Gasthaus herumschwirrte, würden sie spurlos aus El Paso verschwinden und er würde sich völlig von der Division getrennt wiederfinden.

Was könnten Sie allein und ohne Hilfe tun? Wie konnten sie die Spur finden, wenn sie wie Rauch verschwanden? Es gab keinen Platz für ihn, eine Nachricht zu hinterlassen, um ihnen sein Schicksal mitzuteilen, denn Morley hatte sehr darauf geachtet, es nicht herauszufinden.

Für Harry war es ein Problem, das er nicht lösen konnte. Einen Moment lang wollte er schweigend das Gasthaus verlassen, zur Kaserne rennen und Rechenschaft ablegen, aber was konnte er erwarten? Morley würde verhaftet werden oder nicht, aber das würde sicher nicht dorthin gelangen, wo der Kapitän hinwollte, nämlich die gesamte Besatzung in der Hand zu haben, um die Verantwortung für Tymson feststellen zu können und was noch wichtiger war , um zu wissen, wo sich der Vorrat befand, um eingreifen zu können.

Das konnte er nicht. Er musste sich wie Schiffbrüchige von der Strömung mitreißen lassen und sich an den rettenden Strand tragen lassen oder gegen die Klippen krachen lassen.

Alles, woran er denken konnte, war, einen Brief zu schreiben, in dem er die Situation schilderte, und ihn Cynthia wie oben beschrieben in die Hände zu geben, aber das war nicht einfach, denn Morley konnte bis zum letzten Moment auf der Pirsch sein.

Doch es war das einzig praktikable, und er musste es tun. Nach langem Überlegen traf er eine Entscheidung. Er zog sich aus, machte das Licht aus und ging zu Bett.

Er schlief aber nicht ein und ließ so mehr als zwei Stunden verstreichen. Die Nacht war klar und ein Mondlicht schien durch das Fenster.

Um mehr als drei Uhr stand er schweigend auf, suchte nach einem Blatt Papier und einem Umschlag und schrieb schweigend im Mondlicht den Brief mit einem Bleistift. Dann versiegelte er es in dem Umschlag und schrieb die Adresse darauf.

Er versteckte den Umschlag unter dem Kopfteil mit einer Notiz, die lautete:

"Da Sie unerwartet abreisen müssen, senden Sie diesen Brief bitte an Ihr Ziel."

Und dabei hinterließ er drei Dollar für den Freiwilligen, der die Bitte erfüllen wollte.

Wenn der Brief in Cynthias Hände gelangte, würde Bob alles wissen, was passiert war, und was er danach tun oder lassen konnte, lag an ihm.

Am Ende schlief er ein und war im besten Schlaf, als ihn eine Hand schüttelte und sagte:

Komm schon, Harry, es ist Zeit.

Der ehemalige Sergeant warf sich, fast eingeschlafen, aus dem Bett, und in fünf Minuten war er fertig. Morley ließ ihn keinen Moment allein und begleitete ihn auf der Suche nach dem Pferd zum Stall.

Und es dämmerte schon, als sie beide El Paso in Richtung Nordosten verließen.

Wie Harry vermutet hatte, beobachtete zu dieser Stunde niemand das Gasthaus. Sie konnten nicht ahnen, dass sie ihn so plötzlich, ohne jede Chance zu vermuten, dass der Ranger Kontakt mit den Schmugglern hatte, ihn bereits zu solchen Stunden mitnehmen würden.

Die ersten Nachrichten kamen zufällig. Der Kellner, der das Zimmer des Rangers aufräumte, entdeckte den Brief, den Zettel und die drei Dollar und verstand, dass er sie sich mit der Zustellung des Briefes ehrlich verdienen sollte.

Als Cynthia es erhielt, fragte sie den Kellner:

„Haben sie dir etwas gesagt, als sie es dir gegeben haben?

„Nichts, der Gast ist im Morgengrauen mit einem Kollegen abgereist und hat es unter dem Kopfteil liegen lassen. Er ist gegangen, ohne ein Zeichen zu hinterlassen.

Cynthia fühlte ein Schaudern in ihrem ganzen Körper. Er wusste von Caros Mission, die er hatte, und vermutete, dass der ehemalige Sergeant gezwungen worden war, zu gehen, ohne mehr Details als die im Brief enthaltenen angeben zu können.

Auf der Suche nach Bob rannte er eilig ins Dorf. Caro war sehr früh gegangen und muss ihre Mission erfüllen.

Als der Sergeant den Brief erhielt und seinen Inhalt las, mussten die Flüche auf der anderen Seite des Flusses gehört worden sein. Sie hatten nicht mit dieser unerwünschten Fähigkeit gerechnet und einen Zeitpunkt gewählt, zu dem niemand ahnen konnte, dass sich der Vorfall ereignen würde.

Wütend suchte er den Hauptmann auf, um ihm über das Schreiben Bericht zu erstatten. Harry erklärte kurz, was passiert war und bezeugte, was bereits angenommen wurde. Dass sie im Auftrag von Tymson nach ihm gesucht und ihn dazu gebracht hatten, sich dem Trupp anzuschließen, indem sie jeglichen Kontakt zu seinen Gefährten abgebaut hatten.

Aber es hat einige nützliche Informationen hinterlassen. Ein großangelegter Waffenschmuggel wurde organisiert, und eines Tages würden sie versuchen, es auf dem Weg nach Mexiko über den Fluss zu bringen.

Aus Mangel an etwas Besserem wurde nicht nur entlang des Flusses extreme Wachsamkeit auferlegt, sondern auch in der Landschaft in den Wüstengebieten und vor allem im Teil der New-Mexico-Teilung, wo bei Las Cruces oder einer anderen Stadt im Norden , könnten sie den Fluss überqueren und dann nach Mexiko hinabsteigen und El Paso unten lassen.

Walter war sehr aufgebracht über die Nachricht. Für Harry all die Komplimente, denn der Ex-Sergeant war in der Pflicht und machte so viele Details wie möglich, aber seine Bemühungen, die Verbindung zu ihm zu trennen, konnten nicht nur null sein, sondern einen Gefahrenzustand erzeugen, aus dem es war sehr schwer für ihn herauszukommen.

Wütend befahl er:

„Bob, du darfst Tymson auf keinen Fall aus den Augen verlieren. Es ist der einzige Faden, den wir haben, damit wir uns nicht im Nichts verlieren und ihn so halten müssen, wie er ist.

Der Sergeant, wütender als er, knurrte:

„Ich werde auf Sie aufpassen, mein Kapitän.

„Es wird Zeitverschwendung sein, denn selbst die roten Ameisen der Wüste kennen dich.

„Ich weiß, aber ich werde sicherstellen, dass sie mich nicht kennen. Ich werde mich so gut verkleiden, wie ich kann und kann, und ich werde mich in seinem Schatten konstituieren. Wenn ich es schaffe, ihn in die Irre zu führen, ist das gut, und wenn nicht, werde ich mich allem aussetzen, was nötig ist. Ich traue mir nicht einmal mehr.

„Nun, organisiere es nach Belieben, aber pass auf, dass du in die Fußstapfen dieses Geiers trittst. Wenn es, wie es scheint, seine Bande ist, wird er, wenn er den Nachschub an Männern vervollständigt hat, spurlos von hier verschwinden und wir werden nichts mehr von ihm hören, bis der Cache versucht, den Fluss zu überqueren oder ihn überquert hat es, über uns lachend.

„Das werden wir sehen, mein Kapitän.

Bob, gestochen von seinem Selbstwertgefühl, machte sich bereit, seinen Plan auszuführen, aber nicht bevor er zwei Ranger-Paare hervorhob, um zu versuchen, jede Spur des vermissten Paares zu finden. Sie waren im Morgengrauen zu Pferde ausgegangen, und vielleicht konnten sie in der Landschaft eine Spur entdecken, obwohl er ihr nicht traute.

Er seinerseits kaufte eine ausgediente Bergmannskleidung aus einem Gebrauchtwarenladen. Es bestand aus einer sehr weiten blauen Hose, die er mit einem Seil um die Knie gebunden hatte, hochhackigen Stiefeln, die er mit Leggings fast bis zum Knie trug, einem knallig karierten Hemd und einer gelben Weste dito, dazu einem Hut mit schlaffer Krempe und einer abgenutzten Krone. All das ließ ihn wie einen besiegten Bergmann aussehen.

Dann beschmierte er sein Gesicht mit schwarzem Rauch, schwärzte sein bereits verwittertes Gesicht und um sein Gesicht weiter zu verbergen, malte er seine Augenbrauen, um sie zu vergrößern. Tatsächlich konnte er nur bei genauerem Hinsehen als Sergeant Bob Reggs von den El Paso Rangers erkannt werden.

Kapitel V

Harry war seit drei Tagen spurlos verschwunden. Die Bemühungen der Rangers, nach seinen Spuren zu suchen, waren nutzlos und von diesem Moment an hörten sie kein Wort von dem tapferen Ex-Sergeant.

Bob, völlig verkleidet, beobachtete Tymson aus der Ferne, der die Überwachung nicht zu bemerken schien, da er weiterhin ein pompöses Leben in den Spielhöllen führte, ohne mehr Beziehungen als sonst preiszugeben zwischen Menschen, die in El Paso bekannt waren und in El Paso. derjenige, der nicht verdächtigt wurde, in so gefährliche Dinge wie diese verwickelt zu sein.

Caro wechselte sich mit ihrem Bruder ab, um den Schmuggler auszuspionieren. Nach Harrys Versagen wurden Tymsons Schritte Tag und Nacht überwacht.

Bob war entschlossen, ihn nicht aus den Augen zu verlieren und herauszufinden, wer mit ihm in Verbindung stand, und in ihre Fußstapfen zu treten, bis er seinen vermissten Partner gefunden hatte.

Aber der Händler schien es nicht eilig zu haben. Er führte sein normales Leben und nichts deutete darauf hin, dass er im Begriff war, aus El Paso zu verschwinden.

Abends, nachdem er im Hotel zu Abend gegessen hatte, ging er ins El Ace de Corazones, wo er sich mit einem der Mädchen aus der Besetzung abwechselte, oder verbrachte ein paar Stunden im Spielzimmer, bevor er sich gegen zwei in seins zurückzog Unterkunft. .

Bob, der sich so gut wie möglich zu verstecken versuchte, wartete geduldig in einer Ecke der Bar auf ihn, und als er herauskam, schlüpfte er wie ein dichter Schatten in die Fassaden der Häuser und folgte ihm, bis er überzeugt war, dass er es definitiv war sich zur Ruhe zurückziehen.

Der scharfsinnige Sergeant war überzeugt, dass er bald aus El Paso verschwinden würde, und er war mit allen Sinnen wach. Er erwartete von dem Schmuggler ein unvorhergesehenes Manöver und wollte nicht überrascht werden.

Aus diesem Grund war er, als er ihn spät in der Nacht im Hotel zurückließ, nicht davon überzeugt, dass er sich tatsächlich zur Ruhe zurückzog und lange Zeit in der

Umgebung im Hinterhalt bleiben würde, bis Caro ihn bewachte während er schlief, Spionageanklage.

Die Spielhölle befand sich in der Montana St., an der Kreuzung mit Piedras Copia, und das mysteriöse Subjekt übernachtete im Texas-Hotel, das parallel zum vorherigen in der Wyoming St. installiert war.

Tymson verließ demonstrativ den Laden, überquerte in einer der Seitengassen von einer Straße zur anderen und verschwand im Hotel.

Bob nahm, wie immer, Stellung an der Ecke der Gasse im Schatten einer Lagerhalle ein und wartete geduldig. Er würde wie immer eine Stunde auf seinem Posten bleiben und Caro dann bis zum nächsten Morgen verlassen.

Eine halbe Stunde später spürte er vorsichtige Schritte und schaute misstrauisch, beruhigte sich aber. Es war Caro, die wie immer kam.

„Nichts, Bob?

„Nichts, Caro, und doch sagt mir ein sechster Sinn, dass er gleich verschwinden wird. Ich würde gerne an der Schlaflosigkeit leiden, um mein Leben an seinen Stiefelabsätzen zu kleben.

Caro machte eine Beobachtung:

„Glaubst du, es kann zu einer exotischen Zeit leicht verschwinden? Ich weiß sicher, dass Sie hier kein Pferd haben und um El Paso zu verlassen, müssen Sie den Zug benutzen.

„Vertraue dem nicht. Niemand konnte ihn mit einem verdächtigen Thema in Verbindung bringen und dennoch hat er alles perfekt arrangiert, um Harry mitzunehmen, ohne dass es jemand wusste. Niemand kann Ihnen versichern, dass sie in einem bestimmten Moment nicht irgendwo mit einem guten Pferd auf Sie warten und versuchen zu verschwinden.

„Ja, es ist wahr, und ich denke, wenn dies der Fall wäre und wir feststellen würden, dass sie mit einem Pferd auf ihn warteten, könnten wir nichts tun, um ihm zu folgen, weil wir keine Zeit hätten, nach unseren Pferden zu suchen.“ . Hast du darüber nachgedacht, Bob?

„Nicht; es ist mir jetzt plötzlich eingefallen, und ich weiß nicht, wie wir das organisieren sollen, wenn es dazu kommt. Morgen werde ich ein paar unserer Männer an strategisch wichtigen Orten am Stadtrand bewachen lassen es geschah, was mir gerade einfiel, ich würde bald ein Pferd haben, um in ihre Fußstapfen zu treten.

Mehr als eine Stunde war vergangen, und Bob, überzeugt davon, dass in dieser Nacht nichts passieren würde, bereitete sich darauf vor, seinen Bruder zu verlassen und in die Kaserne zu gehen, aber als er gehen wollte, klammerte er sich näher an den Schatten und drückte Caros Arm, damit sie still war .

Gerade war jemand an der Hoteltür aufgetaucht, und obwohl das Licht zu dieser Zeit schlecht war, erkannte Bobs scharfer Blick den Schmuggler.

„Mein Herz hat mich nicht getäuscht", murmelte er. Tymson wird hier wie ein Schatten verschwinden.

Tymson trug keine Aktentasche oder irgendetwas, das einen solchen Zweck anprangerte. Er wirkte gekleidet wie beim Betreten, und es machte den Eindruck, als würde er hinausgehen, um die Kühle der Nacht zu genießen, anstatt zu fliehen.

Tymson blickte auf und ab, bis er überzeugt war, dass die Straße zu dieser Stunde menschenleer war, und ging in normalem Tempo, ohne Hast und Nervosität, weiter nach Westen.

Am Ende der Straße befand sich links die Unión Estación, aber zu dieser Stunde verkehrte kein Zug. Wenn Sie jedoch daran vorbeigehen und die Santa Fe St. überqueren, erreichen Sie den Fluss und vor der internationalen Brücke.

Bob dachte, er hätte Tymsons Idee erraten. Er würde nicht mit dem Zug fahren, sondern die verschiedenen Boote benutzen, die die Fahrt entlang des Flussufers machten, um wegzukommen und irgendwo weit weg von Bord zu gehen, wo sie sicherlich auf ihn warten würden.

Er musste es überprüfen und wenn ja, ihm auf die gleiche Weise folgen. Es wäre nicht schwer, in eines der festgemachten Boote zu springen und hinter jedem Boot, das der Schmuggler benutzen konnte, flussabwärts zu sausen.

Als er weit genug gekommen war, um ihm aus der Ferne folgen zu können, ohne gesehen zu werden, stürzte Bob hinter ihm her, gefolgt von seinem Bruder und überflog die Fassaden der Gebäude, denen sie aus der Ferne folgten.

Tymson machte sich keine Sorgen um irgendwelche Vorkehrungen, folgte der Straße bis zum Ende, bog um den stillen und dunklen Bahnhof herum und erreichte die Santa Fe St. hinunter zum Fluss.

Die beiden Ranger folgten, wie auf der Jagd nach Wölfen, so dicht wie möglich. Tymson näherte sich dem Ufer, stieg ein wenig hinab, bis er eine der Leitern erreichte, und stieg sie hinab. Am Fuß der Treppe, die ins Wasser stürzte, wartete ein Boot auf ihn.

Der Schmuggler sprang ihn an und schaute auf dem Deck stehend humorvoll nach unten. Dann winkte er mit der Hand zum Abschied und das Boot rollte vom Ufer in die Mitte des Baches.

In der dunkel genug Nacht waren nur die Positionslaternen des Bootes zu erkennen, der Rest war mit der schwarzen Masse des Wassers verwechselt.

Bob rannte zum Ufer, entschlossen, ein so gefährliches Element nicht aus den Augen zu verlieren, und erreichte, von seinem Bruder gefolgt, das Ufer des Flusses.

In der Nähe der Stelle, an der Tymson verschwunden war, lag ein langes Boot mit zwei Männern darin. Einige Netze, die an den Seiten hingen, bezeichneten sie als Fischer. Bob winkte Caro und beide stiegen die Leiter hinab, während Bob die Fischer rief.

„Schnell, Freunde, bringt das Boot näher hierher. Wir brauchen es.

„Hey", sagte einer, „wir auch. Wir müssen fischen und …

„Schnell, ohne Zeitverlust. Ranger K Division Sonderdienst. Der ihnen zugefügte Schaden wird bezahlt.

Der Befehl war streng und der Befehl einer so strengen Autorität wie der Ranger konnte nicht missachtet werden. Die beiden Fischer lösten ohne Einwände das Seil und lockerten es, damit das Boot die Leiter hinaufgleiten konnte.

Als sie dort ankamen, packten sie die Leine und Bob sprang an Deck, aber einer der Fischer knurrte:

Hey, was ist das für ein Witz? Sie sagten, sie seien Ranger…

„Verliere keine Sekunde, oder ich werfe dich ins Wasser", brüllte Bob. Ich zeige es dir später, aber lass diese verdammte Leine erst einmal los und folge dem Boot, das gerade gestartet ist. Behalten Sie die Hecklaterne im Auge, oder ich mache Sie für etwas sehr Gefährliches verantwortlich.

Vor dem strengen Befehl waren die beiden Fischer gezwungen, die ins Wasser gefallene Leine endgültig freizugeben und schoben mit den Rudern das Boot hinein, um den Befehl auszuführen.

Die rote Positionslaterne auf dem Boot, in das Tymson fuhr, schwand gefährlich, und Bob hatte Angst, sie im Schatten der Nacht zu verlieren.

„Remen de firme", befahl er, „und wenn sie so weit reichen, dass er ihnen nicht entkommen kann, legen Sie die Ruder hin und lassen Sie uns von der Strömung mitreißen.

Der Befehl wurde befolgt, aber einer der Fischer, noch nicht überzeugt, knurrte:

„Sie haben versprochen, uns zu zeigen, dass Sie Ranger sind. Ich denke, wir haben das Recht, überzeugt zu werden.

Bob knöpfte sein Hemd auf und zeigte ihm im Licht der vorderen Laterne das innen beleuchtete Quadrat, während er sagte:

„Sind Sie jetzt überzeugt? Ich bin Sergeant Bob von der Division K. Haben Sie noch nie von mir gehört?

„Oh ja, Sergeant Bob! Aber in diesem Anzug...

„Das ist das Mindeste. Mach weiter, ich muss unbedingt den Überblick über dieses Boot behalten.

„Was passiert? Ein Schütze, der dir entkommt?

"Etwas mehr als das; ein Schmuggler, den ich in Gewahrsam nehmen muss.

Das Boot, das nicht nur von der starken Strömung, sondern auch von den Rudern der beiden Fischer angetrieben wurde, flog in dichten Wirbeln nach rechts und links über die Oberfläche des Flusses, aber Bob nahm das Spritzen des Wassers nicht wahr. In der Mitte des Bootes stehend, suchte er eifrig nach Tymsons Boot, das nun näher war, denn es wurde nur von der Strömung mitgerissen.

Als er ausrechnete, dass sie genug Abstand gewonnen hatten und ihn nicht aus den Augen verlieren würden, befahl er:

„Mach die Lichter aus.

He, nicht das. Wir könnten über ein anderes Boot stolpern.

"Ich erwarte nicht. Ich brauche sie nicht zu wissen, dass wir ihnen folgen. Nehmen Sie zumindest die Stirnlampe ab und lassen Sie sie hier unten. Dass sie das Licht nicht sehen und nicht ahnen, dass wir sie erreichen werden" Wenn sie es merken, wird es nicht ganz einfach und ich will diesen Mann nicht jagen, sondern ihm einfach folgen.

Dem Befehl wurde widerstrebend gehorcht, und die rote vordere Laterne blieb, sobald sie unten war, am Boden des Bootes und strich die Füße und Beine der Insassen rot an.

Die Fischer hatten ihre Ruder im Boot gelassen und wurden von der reißenden Strömung mitgerissen. In einer Entfernung von etwa sechzig Metern glitt das Boot, das nach Tymson führte, immer noch schnell in der Mitte des Baches hinab.

Bob, von der Jagd gejagt, stand in der Mitte des Bootes, den Blick auf das flüchtige Boot gerichtet, während sein Bruder, der mit dem Ellbogen auf dem Dollbord auf einer der Bänke saß, ebenfalls auf das Boot starrte.

Die beiden Fischer, denen es anscheinend egal war, worüber die beiden Ranger so besorgt waren, hatten sich nach hinten und nach vorne positioniert. Der eine im Heck hatte Bobs Rücken, während der andere Caro an seiner Seite hatte.

Und plötzlich, als die beiden Brüder mehr abgelenkt waren und dem Marsch des gegenüberliegenden Bootes folgten, schwang der eine, der Bob den Rücken zukehrte, auf eine Geste von ihnen einen schweren Stock, der auf der Bank ruhte, und hob ihn mit wildem Schwung in die Höhe Lass es. auf den Kopf des Sergeants fallen, während der andere sich auf Caro warf.

Und es war ein Glück für Bob, dass ein Wasserstrudel das Boot zum Schaukeln brachte und ihn überraschte, ihn zwang, seinen Körper zur Seite zu neigen, wodurch er fast das Gleichgewicht verlor.

Diese Seitwärtsbewegung verhinderte, dass der dicke Stock seinen Kopf zerquetschte, aber nicht, dass er auf seiner linken Schulter landete.

Bob erkannte mit schnellen Reflexen, dass sie selbst in eine Todesfalle geraten waren. Das Boot war wie ein Köder da, in Erwartung, dass Tymson verfolgt würde, und die beiden Fischer waren nichts als Schmuggler im Dienst.

Und da Bob trotz der heftigen Schmerzen, die der Schlag verursachte, hart wie Feuerstein war, rührte er sich schnell und hielt dem zweiten Stau des Schmugglers stand, der, als er den Schlag verpasst hatte, da er auch das Ungleichgewicht des Bootes erlitten hatte, nicht aufrecht stehen konnte Schnell einen zweiten Schlag ausüben und, die Reaktion des Rangers erkennend, versuchen ihn irgendwie zu packen mit der Absicht ihn ins Wasser zu werfen.

Bob packte ihn heftig und beide kämpften in diesem engen und gefährlichen Kampffeld in einem tödlichen Duell, während Caro, überrascht neben dem Dollbord sitzend, darum kämpfte, den Druck seines Feindes loszuwerden, der versuchte, seinen Hals zu quetschen mit Eifer Mörder.

Der Junge schaffte es, in einer überwältigenden Anstrengung, sich vom Tod zu befreien, seine Knie in seine Brust zu rammen und ihn zurückzuziehen. Der falsche Fischer konnte den Druck auf den Hals des Jungen nicht halten und musste seine Hände loslassen, um sofort einen schrecklichen Tritt in die Brust zu bekommen, der ihn nach hinten schickte.

Aber die Breite des Bootes, das in der harten, ungeregelten Strömung tanzte, war so gefährlich, dass der Bandit, als er fiel, mit dem Rückgrat an der gegenüberliegenden Reling aufschlug, umkippte und ins Wasser rutschte.

Das Boot verdrehte sich gefährlich, Bob und sein hartnäckiger Feind verloren das Gleichgewicht, sie stürzten ebenfalls auf diese Seite und das Boot überschlug sich heftig und warf die vier ins Wasser.

Caro sprang wie ein Ball von der anderen Seite und zeichnete ein Gleichnis ins Leere, um den Schiffbrüchigen zu folgen.

In einem kurzen Blick auf das Drama sah Caro, wie ihr Bruder in den Wellen kämpfte, ohne loszulassen oder von seinem Feind losgelassen zu werden, und wie die beiden für einen Moment unter Wasser verschwanden. Dann sah er verwirrt seinen Rivalen auf sich zuschwimmen und sah ein langes, schweres Ruder an ihm vorbeigleiten.

Instinktiv griff er danach, um sich im Wasser zu halten, als sein Rivale energisch schwimmend auf ihn zukam. Caro, eine gute Schwimmerin, streichelte mit einem Arm, hob das Ruder und ließ es auf den Schädel des Schmugglers fallen. Dieser verschwand unter Wasser und sah nichts mehr.

Die Strömung vertrieb ihn stürmisch und trotz der Qual, die ihm der Gedanke an das Schicksal seines Bruders bereitete, bewegte ihn sein Selbsterhaltungstrieb dazu, sich um ihn zu kümmern und sich von der Strömung mitreißen zu lassen, schwamm er vorsichtig.

Keine Spur von Boot und Insassen. Gott wusste, was mit ihnen passiert war, aber er hoffte, dass sein Bruder das gleiche Glück gehabt hatte und im Fluss schwamm.

Er hob den Kopf und sah nach vorn. Die Lichter des Bootes, auf dem Tymson unterwegs war, wurden in sicherer Entfernung enthüllt und sein Ranger-Instinkt sagte ihm, dass er trotz allem eine Mission zu erfüllen hatte und sie erfüllen musste.

Wenn es ihm möglich war, sich über Wasser zu halten, würde er dem Boot folgen, wo es landete, und wenn nicht, würde sein Glück pech sein, aber er würde nicht aus Mangel an Mut bleiben.

Vorsichtig begann sie, die Strömung schräg zu schneiden, um näher ans Ufer zu schwimmen. Bei Erschöpfung würde es ihm immer leichter fallen zu landen, als das Zentrum der Flut überwinden zu müssen.

Und er hob von Zeit zu Zeit den Kopf und suchte eifrig nach dem gejagten Boot, aus Angst, es aus den Augen zu verlieren.

Bis er einmal bemerkte, dass das Boot auch nach und nach Ufer suchte und dies ihm sagte, dass es zu landen versuchte.

Und so war es. Als das Boot eine Stelle erreichte, an der der Fluss einen Rückstau bildete, drehte sich das Boot in Kentergefahr und steuerte auf die Lücke zu, in der das Rückstau entstand. Für einen Moment schien es, als würde der Schwung des Wassers ihn daran hindern, ihn gegen das Ufer zu werfen.

Doch er wurde gekonnt gerettet und das kleine Boot fuhr in das ohnehin schon ruhige Achterwasser ein.

Caro, der Angst hatte, durch die Entdeckung dieser Leute hineingeworfen zu werden, schwamm energisch auf der Suche nach dem Ufer, bevor er die Stelle erreichte, an der das Boot eingedrungen war, und als er gegen einige lustvolle wachsende Büsche streifte, die über das Flussbett ragten, streckte er seinen Arm aus und schaffte es, sich festzuhalten heftig auf sie. Der Busch widerstand dem Zug und Caro schaffte es, sich dem Boden zu nähern, bis sie hineinsprang.

Er war gebrochen, erschöpft und sprudelte Wasser wie aus einer kleinen Quelle, aber sein unbezähmbarer Geist blieb unversehrt und erhob sich, beschloss, zum Teich zu gehen.

Schmerzend trat er vor und versuchte, sich zu orientieren. Das Sternenlicht machte es schwierig, ihn zu erreichen, aber es begünstigte ihn, nicht entdeckt zu werden.

Bis er plötzlich Stimmen hörte und vorsichtiger vorrückte und sich der Stelle näherte, an der sie sprachen. Es waren mehrere Leute versammelt.

Und jetzt, ganz nah an der Gruppe und am Boden, konnte er eine Stimme hören, die von Tymson, die sagte:

„Du fährst mit dem Boot weiter nach San Elizario und versteckst es dort. Den Rest kennst du schon. Wir fahren nach Ciudad de Juárez und in nur einer Woche in La Mesa. Verschwenden Sie keine Zeit, falls jemand versucht hat, uns zu folgen, was ich zu beobachten schien, obwohl die Lichter, die wir bei unserer Abreise sahen, bald verschwanden. Wie auch immer, Sie müssen den Rangern den Wert geben, den sie haben, und vergessen Sie nicht, dass sie mir auch einen Wert geben.

Caro, die die Anweisungen des Schmugglers hörte, wurde für einen Moment suspendiert. In der Verlegenheit des Schiffbruchs hatte er nicht bemerkt, dass sie auf mexikanischem Boden an Land gewonnen hatten, und aus diesem Grund sprach Tymson davon, nach Ciudad de Juárez und später nach La Mesa zu fahren. Es wäre für ihn sehr einfach, über die Grenze zwischen den Nationen nach New Mexico einzureisen und an El Paso vorbeizukommen und ihn zurückzulassen.

Ein Geräusch von Pferden, die sich landeinwärts bewegten, sagte ihm, dass der Schmuggler und die, die auf ihn warteten, sich entfernten, während das Boot halb im Schlamm des Altwassers gestrandet war.

Und der tapfere Junge fragte sich, was er tun könnte. Er befand sich auf dem Land Mexiko, und um nach El Paso zurückzukehren, musste er erneut den Grande überqueren und eine Strecke zurücklegen, die er zu dem Zeitpunkt, als sie auf dem Fluss waren, von ungefähr zwölf oder vierzehn Meilen kalkulierte. Und die Leistung schien ihm überlegen zu sein, was seine erschöpften Kräfte zu leisten vermochten.

Kapitel VI

Zitternd vor Kälte vom langen Aufenthalt im Wasser und der ständigen Feuchtigkeit ihrer Kleidung wusste Caro nicht, welche Entscheidung sie treffen sollte. Nachts in den Fluss zu springen, um ihn in dieser Dunkelheit und mit gebrochenen Kräften zu überqueren, war verrückt. Das Mindeste, was er tun konnte, war abzuwarten, bis der Tag klar wurde und sich seine Energien ein wenig erholten.

Er hatte etwas herausgefunden; Dies könnte sehr nützlich sein, da sie eine Woche Zeit hatten, um nach La Mesa zu gelangen und in dieser Zeit nach El Paso zurückkehren konnten, um von ihrer Odyssee zu berichten und das Notwendige zu organisieren, um die Bande zu übernehmen oder Tymson zu finden. aber es gab andere, unmittelbarere Dinge, die seine Aufmerksamkeit erregten.

Einer war die Qual, das Schicksal seines Bruders nicht zu kennen. Bob war zäh, energisch, mutig bis zur Leichtsinnigkeit, aber der Fluss hatte harte Männer wie ihn verschluckt, und er konnte nicht ausschließen, dass ihn ein Unglück getroffen hatte.

Allein beim Nachdenken riss ihm der Schmerz in die Brust. Was würde zu Hause passieren, wenn seine Mutter und seine Schwester von Bobs Pech hörten?

Es stimmt, dass er das gleiche Pech erleiden sollte, aber er war gerettet, und die Strafe, großartig zu sein, würde nicht anfallsartig sein.

Dann würde er an den Spott denken, der ihnen zum Gegenstand gemacht worden war. Sein Bruder hatte sich trotz seines Wissens und seiner List in diese Todesfalle gesperrt, und seine Feinde würden sie sehr auslachen, obwohl es möglich war, dass einige von denen, die das falsche Fischerboot bemannten, insbesondere derjenige, der ihn beim Rudern getroffen hatte , sie taten es am Grund des Flusses.

Aber anscheinend war die Bande lang und bestand aus Männern aus Stahl. Seine beiden erbitterten Feinde hatten es bewiesen, und da hatte er neben sich zwei andere, die nicht zu verachten waren.

Und plötzlich hatte er ein verrücktes Projekt. Er brauchte das Boot, um den Fluss bequemer zu überqueren, und wenn es eine Möglichkeit gab, diese beiden Unerwünschten zu erreichen, wären ihre Berichte vielleicht sehr wertvoll, abgesehen davon, dass, wenn es ihm gelang, das Kunststück zu vollbringen, es war sehr leicht, dass er eine Belohnung wert wäre, die er wohl gewonnen hätte.

Die beiden Besatzungsmitglieder des Bootes schienen es nicht eilig zu haben, das Backwater zu verlassen, um auf dem Fluss zu ihrem Ziel weiterzufahren. Die Nacht war sehr schlecht, um über die Barriere und den Wirbel des Flusses zu manövrieren, um das Stauwasser zu schlagen und zu bilden, und die Umsicht schien ihnen zu raten, auf das Tageslicht zu warten.

Dies würde für ihn sehr gefährlich werden, wenn er nicht von dort wegkam, denn sie könnten ihn entdecken und das Missverhältnis der Kampfkräfte wäre enorm. Er war müde und unbewaffnet und diese beiden Typen, die in völliger Sicherheit ihren Revolver um die Hüften trugen.

Aber er verfolgte die Idee, sie zu ergattern. Es wäre ein spektakulärer und mutiger Schlag, der ihm in den Augen seiner Teamkollegen und insbesondere seines Kapitäns Anerkennung zollen würde. Er war immer noch ohne Feuer, er hatte die Bluttaufe von den Rangers nicht erhalten und er musste deutlich machen, dass sein Bruder ihm nicht umsonst vertraut hatte.

Die beiden Bootsleute waren dicht am Ufer geblieben, ohne sich über ihre Haltung zu entscheiden. Sie schienen viel zu meditieren und beide schwiegen.

Bis einer fragte:

„Was machen wir, James?

"Ich weiß es nicht. Ich mag es nicht, in dieser Dunkelheit auf den Fluss zu gehen. Sie wissen, wie gefährlich es ist, mit der Flut zu kollidieren und das Boot darin auszukleiden. Tagsüber gibt es mehr Möglichkeiten und wenn etwas passiert, wir könnten besser an Land schwimmen.

„Du hast recht, aber was machen wir hier allein? Bis zum Morgengrauen sind es noch mindestens drei Stunden.

„Was ist, wenn wir uns bis zum Sonnenaufgang eine Weile schlafen legen? Hier ist keine Seele und wir können es sicher tun.

„Nun, Sie haben mir eine Idee gegeben. Wir haben genügend Zeit, um das Boot mit den anderen zu nehmen und zum Ort des Termins zurückzukehren. Nun, lass uns einen Platz zum Liegen finden. Wir haben die Nacht wach verbracht und drei Stunden Ruhe werden uns nicht schaden.

Caro, die sie hörte, drückte sich zwischen den Weiden, die am Rand des Beckens wuchsen, platt. Er konnte nicht nasser sein, als er war, und er konnte nicht mehr als ein bisschen weniger ins Wasser gehen.

Es würde nicht dort sein, wo die Schmuggler ihr provisorisches Bett suchten, da sie dies auf trockenem Boden abseits der Feuchtigkeit taten.

Von seinem Versteck aus konnte er die Bewegungen eines von ihnen verfolgen. Er kreiste in seinem Blickfeld und suchte nach dem richtigen Platz, um seine Matte zu improvisieren.

Endlich sah sie, wie er sich etwa zwanzig Meter weit beugte, Blätter am Fuße eines langen Busches aufhäufte und eine Decke ausbreitete, die er vom Boot holte. Das Bett improvisiert, legte er sich darauf, bereit, diese drei Stunden zu nutzen.

Er konnte den Begleiter nicht sehen, aber er spürte, wie er sich nicht zu weit bewegte, bis er endlich den gewünschten Platz finden musste, weil er aufhörte, Lärm zu machen.

Dann rief er:

„James, sobald die Sonne unsere Gesichter trifft, oben.

„Mach dir keine Sorgen. Mit einem leichten Schlaf werde ich bereit sein.

Und sie änderten kein Wort mehr.

Caro schlüpfte aus den Weiden und wählte weniger schlammigen Boden. Das Fieber, das ihn glauben ließ, dass er dieses Paar von Unerwünschten übernehmen könnte, ließ ihn die körperlichen Qualen seiner Situation vergessen und er fühlte sich wieder belebt, um die Leistung zu vollbringen. Aber er würde eine angemessene Zeit warten müssen, bis diese beiden Kerle vom Schlaf überwältigt waren. Er brauchte es, weil er nicht gegen beide gleichzeitig kämpfen konnte.

Er zählte die Minuten, die ihm Jahrhunderte vorkamen, wie lange es dauerte, und wartete in einer furchtbaren Nervosität. Er würde einen gefährlichen Streich spielen, und wenn er ihn auch nur im geringsten versagte, wäre es sinnlos gewesen, sich vor dem Ertrinken zu retten, wenn er von Kugeln durchlöchert wäre.

Schließlich, verschlungen von der Ungeduld, diese schlimme Situation ein für alle Mal zu lösen, bewaffnete er sich mit einem dicken, spitzen Stein, den er zwischen den Weiden gefunden hatte, und begann wie ein Reptil über den Boden zu kriechen, das sich von hinten dem Schläfer näherte. Er war weniger gefährdet, gesehen zu werden und hätte den Kopf des Schmugglers näher zur Hand, um gnadenlos zuzuschlagen.

Denn sein Erfolg bestand darin, ihn zu überraschen und mit einem heftigen Schlag zunichte zu machen, der ihn nicht schreien ließ.

Wenn es ihm gelang, würde er ihm den Revolver abnehmen und mit einer Waffe in der Hand hatte er keine Angst vor dem anderen, wenn es ihm nicht gelang, ihn auch im Schlaf zu jagen.

Er hielt den Atem an und bewegte sich sanft, um keinen Lärm zu machen, und gewann an Boden. Nach und nach schloss er die Lücke, und irgendwann war er weniger als einen Meter von seinem Feind entfernt.

Er hielt inne, um zu Atem zu kommen, ging dann noch ein wenig weiter, ging auf die Knie, hob den Stein mit sicherem Arm und wählte die Stelle des Schlags.

Der Stein grub sich seitlich in die Stirn des Schmugglers und öffnete eine große Lücke, durch die Blut floss. Der Schmuggler schauderte und schrumpfte tragisch, und Caros Hand umklammerte den Hals seines Opfers, falls sie noch schreien konnte, aber es war kein Druck nötig, denn diese Geste war die einzige, die er ausführen konnte.

Caro keuchte und durchsuchte die Taille des Verwundeten. Da war der Revolver, ein .45er Colt mit einem schweren eisernen Kolben, und er packte ihn eifrig. Jetzt, mit ihm in der Hand, hielt er sich für unverwundbar.

Diesmal kroch er nicht auf dem Boden, sondern ging schweigend auf den Beinen und suchte nach dem unerwünschten anderen. Der Revolver war eine gute Bremse, wenn er das Pech hatte, früh entdeckt zu werden.

Endlich hat er es lokalisiert. So selbstbewusst wie sein Partner auf dem Rücken schlief. Caro ging auf Zehenspitzen vorwärts und schwenkte jetzt ihren Revolver am Lauf. Es schien effektiver zu sein, zuzuschlagen, ohne den Kolben des Revolvers zu töten, da man befürchtete, dass der Stein mehr als einen Stromausfall für den anderen Schmuggler verursacht hatte.

Er fiel auf die Knie, hob den Arm und schlug zu.

Als der Raufbold den Schlag erhielt, stieß er ein beeindruckendes Heulen aus und wagte es, aufzustehen, aber ein zweiter Schlag auf die Schädelbasis machte ihn fulminant zunichte.

Caro stand lächelnd auf. Er hatte das wahnsinnige Glück gehabt, seinen kühnen Plan auszuführen, und nun fühlte er sich von so großer Freude besessen, daß er durch seine Nerven alle Ermüdungserscheinungen von ihm genommen hatte.

Das Schwierigste wurde erreicht. Jetzt musste er nur noch ein Seil im Boot finden, sie festbinden und gut knebeln und zum Boot schleppen.

Sobald er darin war, deckte er sie mit den Decken zu, um nicht aufzufallen, und er würde das Boot aus dem Achterwasser holen. Es war absolut unmöglich, mit dieser Ladung flussaufwärts zu fahren, aber er hoffte, dass aufgrund des Flussverkehrs ein Frachtkahn oder ein Dampfboot flussaufwärts kommen würden. Wenn ja, würde er unter Berufung auf seinen Ranger-Status um eine Leine bitten, um das Boot festzumachen und ihn nach El Paso zu schleppen.

Als die Dämmerung anbrach und er sich den Verwundeten näherte, war er beeindruckt. Beide hatten tiefe Wunden am Kopf, aus denen Blut floss, und da er nicht wusste, wie er die kleine Blutung stoppen sollte, beschloss er, Grasstücke in die Wunden zu stecken. Die Kompresse war nicht sehr effektiv und gesund, aber zum Teil gelang es.

Dann zerrte er sie ans Ufer und sammelte die Decken ein. Im Boot fand er Seile, die dazu dienten, sie gut zu binden, und als diese klugen Vorsichtsmaßnahmen getroffen waren, sah er sie und wollte sie ins Boot legen.

Mehrmals war er kurz davor, ihn umzuwerfen, aber schließlich schwitzte er wie ein Verurteilter, legte sie auf den Boden und deckte sie mit den Decken zu.

Und als die Sonne schon zu scheinen begann, stellte er sich an die Ruder und warf sich in einem sehr gefährlichen Manöver aus dem Pool, das das Boot umkippen und die drei ins Wasser schicken konnte.

Aber er war kein Anfänger in diesen Kämpfen. Er war viel in diesem Fluss gerudert und war viel darin geschwommen und mit Geduld und Geschick, mit Nerven und Intuition, schaffte er es, den Schock des Wassers zu überwinden und in die Strömung einzutauchen.

Sie begann, das Boot flussabwärts zu ziehen, und Caro versuchte, dem Schwung mit den Rudern entgegenzuwirken. Es war eine gigantische Aufgabe, die er nicht erfüllen konnte.

Er sah ängstlich zurück. Ein dicker, gedrungener Lastkahn stapfte den Fluss hinauf. Caro schrie mit aller Kraft, die sie in ihre Stimme stecken konnte:

„Hey, vom Lastkahn! Ein Korporal, ein Seil fallen lassen oder die Flut wird mich mitreißen!

Ein bärtiger Bootsmann wurde aufmerksam und warf ein dickes Seil, das in einer breiten Schleife endete, und rief:

„Achtung, ich verliere das Seil.

Caro umfasste den Bogen fest mit der linken Hand und hob den rechten Arm. Der Bootsmann warf ihm geschickt das Seil zu und Caro schaffte es, es durch das Loch im Seil zu greifen. Der Ruck, den er beim Anhalten des Bootes verspürte, schien ihm den Arm abzureißen, aber er hielt stand und das Boot hörte auf, stromabwärts zu gleiten.

Er steckte das Seil durch die Ruderpinne und hielt es fest, damit es sich nicht löste, und bald sah er sich hinter dem von ihm gezogenen Lastkahn.

Der Skipper des Bootes näherte sich und fragte:

„Wo zum Teufel wollten Sie mit dem Boot stromaufwärts fahren?

„Nach El Paso.

„Nun, du wärst angekommen, wenn dem Frosch Haare gewachsen sind. Was trägst du unter diesen Decken? Sie werden mir nicht sagen, dass es Schmuggelware ist.

„Fast, Boss. Pass auf, um dich zu überzeugen.

Und er hob eine Spitzhacke von einer Decke, die den Kopf eines der Schmuggler zeigte.

Der Chef, der sie ganz blutig sah, brüllte:

„Beim Bart des Propheten! Was bedeutet das?

„Machen Sie sich keine Sorgen, Boss. Weisst du das? Er öffnete sein nasses Hemd und zeigte ihm das Abzeichen. Der Chef kannte die Abzeichen des Korps gut.

"Ranger?

"Das ist richtig. Ich habe nach zwei gefährlichen Elementen gejagt und es geschafft, sie von El Paso weg zu jagen; ich hatte kein anderes Transportmittel als das Boot und ich muss sie dorthin bringen.

„Nun, Ranger, das ist etwas anderes. Wir werden mittags in El Paso ankommen.

Um sein Schleppen kümmerte sich der Skipper nicht mehr. Ranger waren zu ernst und Leute, die sie nicht fürchten mussten, bewunderten und schätzten sie.

Caro war von außerordentlicher Freude besessen. Die Leistung, die er gerade vollbracht hatte, wäre von seinem Bruder mit Stolz unterschrieben worden und er war sich sicher, dass es in der Kaserne für Furore sorgen würde.

Aber ihre Freude wurde in Traurigkeit gequetscht, als sie die Gestalt ihres Bruders beschwor. Wenn er im Fluss gestorben wäre, wäre das alles gleichgültig gewesen, denn für ihn und seine Familie stand Bobs Leben über allem.

Aber da er noch nichts Genaues wusste, hoffte er, dass Bob sich so wie er aus der Gefahr erhob und wenn ja, wäre die Reise für beide herrlich gewesen.

Wie der Kapitän der Barge vorhergesagt hatte, traf das Schiff gegen Mittag in El Paso ein.

Caro freute sich darauf, anzukommen, denn obwohl ihre Kleidung durch die Einwirkung der Morgensonne teilweise getrocknet war, fühlten sie sich auf ihrer Haut feucht und klebrig an, was ihr ein Gefühl von nervösem Unbehagen verursachte, abgesehen davon, dass ihr Magen Aufmerksamkeit verlangte sie hatte es nicht gekonnt. Angebot.

Dazu kam die Sehnsucht zu wissen, ob sein Bruder vor der Katastrophe gerettet war und wieder in der Stadt war. Wenn ja, muss Bob auch betrübt gewesen sein, nicht die geringste Nachricht von ihm zu erhalten.

Und schließlich sehnte er sich danach, diese lästige Last loszuwerden und sie gut bewacht in einer der Kasernenzellen zu sehen.

Der Lastkahn erreichte den Flussdamm und machte fest. Der Chef, der Caro ansprach, sagte:

„Wir sind angekommen, Ranger; was jetzt?

„Möchtest du den vollen Gefallen tun?

"Worum geht es?

„Dass einer seiner Entlader nachschaut, ob ein anderer Wachmann auf den Promenaden ist, und ihm sagt, er solle kommen. Ich brauche Hilfe.

„Warte, ich befehle ihnen, ihre Gefährten zu finden.

Zwanzig Minuten später lehnte sich ein uniformierter Ranger über den Rand der Promenade.

Wer bittet um meine Hilfe? "Ich frage.

Caro deutete mit ihrer Hand an:

„Geh runter und steig ins Boot. Hier werde ich es Ihnen sagen.

Der Ranger stieg die Leiter hinab und stieg ins Boot. Caro stellte sich vor und sagte:

„Da ich gerade dem Corps beigetreten bin, sind wir nicht bekannt. Mein Name ist Caro Reggs und ich bin der Bruder von Sergeant Bob.

„Schön dich kennenzulernen. Ich hörte, dass ein Bruder des Sergeants hereinkam, aber ich hatte nicht das Vergnügen, ihn zu sehen.

„Die Sache ist, dass, sobald ich eintrat, ein Dienst angeordnet wurde, bei dem ich Zivilkleidung tragen und nicht in die Kaserne erscheinen musste, damit sie meine Persönlichkeit nicht erkennen würden. Hier ist mein Abzeichen.

„Genug, sag mir, was du wolltest.

„Weißt du, ob mein Bruder in die Kaserne zurückgekehrt ist?

„Ich habe ihn nicht gesehen. Heute morgen habe ich den Gottesdienst genommen, aber ich habe ihn nicht gesehen. Es stimmt, dass ich nicht zu Ihrer Gesellschaft gehöre.

„Ich hatte Angst davor. Letzte Nacht ist uns auf dem Fluss etwas Dramatisches passiert und ich fürchte, er ist ertrunken.

"Sag das nicht.

„Ja, die Geschichte ist lang, aber ich habe keine Zeit, sie zu erzählen. Ich muss das hier rausholen und in die Kaserne bringen.

Er hob die Decken ein wenig hoch und zeigte die Leichen der beiden Schmuggler. Der Ranger zuckte bei seinem beeindruckenden Auftritt zusammen.

„Höllenstrahlen! Wo hast du das gefunden?

„Im Fluss. Ich musste sie ausschalten, weil mein Revolver nicht funktionierte. Sie sind Waffenschmuggler.

„Guter Service, Kumpel. Was sollte ich tun?

„Ich denke, es wäre das Beste, wenn Sie zurück in die Kaserne gehen, nach Kapitän Walter suchen und ihm sagen, dass Caro, der Bruder von Sergeant Bob, mit zwei verwundeten und benachteiligten Schmugglern in einem Boot neben dem Deich sitzt, dass sie dorthin gebracht werden müssen." . Er wird das arrangieren, was er für am bequemsten hält.

„Nun, ich werde es Sie gleich wissen lassen.

Eine halbe Stunde später erschien der Kapitän mit vier Rangern, die Stangen und Planen trugen, um zwei Tragen zu improvisieren. Der Kapitän stieg ins Boot und begrüßte Caro mit der Frage:

„Was bringst du mit, Junge?

"Diese.

Der Kapitän warf einen Blick auf sie und sagte;

„Nun, wir reden später. Das erste ist, diese Aas zu nehmen. Wo ist dein Bruder?

„Das würde ich gerne wissen. Das fürchte ich im Grunde des Großen.

„He? Was sagst du?

"Ich weiß es nicht. Es war eine schreckliche Sache, Captain, und ich fürchte...

„Nun, rede jetzt nicht. Wir werden das hier rausbringen.

Schnell stellten die Ranger die Krankentragen zusammen, die Leichen der Häftlinge wurden abtransportiert und darauf abgelegt und kurz darauf begaben sie sich in die Baracken.

Die Neugierigen hatten versucht, am Fuße der Promenade herumzuschlendern, um den Betrieb der Rangers zu durchstöbern, aber der, der die Warnung überbrachte, achtete sehr darauf, sie auf Distanz zu halten, damit sie das Manöver nicht behindern und vor allem , damit sie so wenig wie möglich darüber erfahren. Dinge, deren Veröffentlichung in öffentlichen Kommentaren schädlich sein könnte.

Kapitel VII

EIN MANN MIT NERVEN

Als sie in der Kaserne ankamen, führte der Kapitän Caro in sein Büro und fragte ihn:

„Komm schon, Junge, erzähl mir alles, was passiert ist.

Caro, deren Stimme durch den Schmerz unterbrochen wurde, nichts von ihrem Bruder zu hören, berichtete ausführlich über ihre Odyssee in jener Nacht auf dem Fluss. Es war eine dramatische Geschichte, die der Kapitän mit all ihren Nuancen schätzte.

Und er war zufrieden mit der Körnung, dem Mut, dem Wagemut und dem Mut des neuen Rangers, der ihm zu Diensten stand. Er hatte die Familientradition nicht geleugnet und eine Bluttaufe an seinem Körper erhalten, die im Tagesbericht eine sehr prominente Erwähnung verdienen würde.

„Bravo, Junge!", kommentierte er begeistert, du hast dich wunderbar benommen und ich bin stolz, dass du zu meiner Gesellschaft gehörst. Die Leistung war eines Rangers würdig und zählt dich zu den besten.

„Sie haben etwas sehr Nützliches getan, nicht nur um die Schmuggler aufzuspüren, sondern auch um den Aufenthaltsort Ihres Partners Harry ausfindig zu machen, den wir diesen Schurken nicht überlassen können. Tymson war sehr clever, das gebe ich zu und er hat gezeigt, dass er nichts dem Zufall anvertraut.

»Er weiß, dass er ausspioniert wird und war bereit, sich jeder Verfolgung zu entziehen. Jedenfalls ist diesmal seine List gebrochen und er hat etwas in unseren Händen hinterlassen.

Jetzt wissen wir, dass in La Mesa in einer Woche etwas vorbereitet wird und wenn der Mangel an diesen Jungs sie nicht auf der Hut macht und sich ihre Pläne ändern, kann etwas getan werden.

"Wenn der Arzt diese Kröten behandelt und sie zu sich kommen, werden wir sehen, was sie in sich haben, um freizugeben, aber in der Zwischenzeit fühle ich mich beim Schicksal Ihres Bruders genauso unwohl wie Sie und werde sofort befehlen, damit a Die Aufzeichnungen werden im gesamten Fluss überprüft und bitten die Städte am Flussufer um Informationen, falls sie eine hätten erreichen können oder wenn sie eine Leiche im Fluss entdeckt hätten. Es wäre ein schmerzlicher Verlust für uns alle, wenn Bob ertrunken wäre. Ich weiß, er war ein ausgezeichneter Schwimmer, aber alles hing von seinem Kampf mit dem Schmuggler ab und davon, wie er körperlich war, um den Schwung des Flusses zu retten.

„Wir dürfen die Hoffnung nicht verlieren, Junge, denn solange es keine Gewissheit über seinen Tod gibt, ist es möglich, von ihm zu erfahren.

„Mein Gott, was sage ich jetzt zu Hause? Für meine Mutter wird es ein schrecklicher Schlag.

„Ich denke, es ist ratsam, noch nicht dorthin zu gehen. Solange wir keine Gewissheit über ihr Verschwinden haben, ist es nicht nötig, sie zu beunruhigen und zu ärgern, wenn später nichts passiert ist. Die schlechte Nachricht, je später, desto besser.

„Sie müssen sich ergeben und gebrochen werden, und eine Pause ist für Sie bequem. Geh auf die Matte und versuche ein paar Stunden zu schlafen; wir kümmern uns um den Rest.

Von Emotionen, Nerven und Erschöpfung überwältigt, zog sich Caro in die Schuppen des Schlafsaals zurück, und bald erfuhr die gesamte Kaserne mit der daraus resultierenden Angst das Verschwinden von Sergeant Bob.

Kapitän Walter befahl die Mobilisierung aller verfügbaren Männer, sowohl der diensthabenden als auch derjenigen, die keine unvermeidliche Mission hatten, und zwei Reiter verschwanden in vollem Galopp das Flussufer hinunter, um den Aufenthaltsort von Sergeant Reggs zu untersuchen.

Seine Odyssee war ebenso dramatisch wie die seines Bruders gewesen, allerdings in einem anderen Sinne.

Bob fiel in einer heftigen Umarmung mit dem Schmuggler, der ihn geschlagen hatte, ins Wasser. Trotz der Schmerzen in seiner Schulter durch den Schlag, den er erhielt, setzte sich seine raue Natur durch und er stürzte sich in den Kampf, bereit, seinen Feind zu dominieren, der auch nicht sanft war. Die beiden hatten sich wie zwei tollwütige Katzen heftig gepackt und versuchten sich gegenseitig am Hals zu fassen, um den Kampf zu entscheiden.

Und in dieser harten Umarmung wurden sie vom Sturz ins Wasser überrascht. Bob, der in diesem Moment das Schlimmste hatte, weil sein linker Arm nicht mit der nötigen Kraft und Steifheit reagierte, spürte den Druck der Hände seines Feindes, als er versuchte, ihn mit den Knien zum Bauch zu befreien und so, als er fiel , sah er abgesagt, um sich der neuen Gefahr zu stellen.

Die Flut rollte sie wie eine Kugel, ließ sie auf Anhieb rollen und untertauchen. Der Naturschutzinstinkt zwang den Schmuggler, seine Beute zum Schwimmen und Schwimmen freizulassen.

Bob, der von dem Druck befreit wurde, war kurz davor, nicht mehr schweben zu können. Er fühlte ein starkes Ersticken und versuchte mit einer mechanischen Aktion zu atmen, um Luft in seine Lungen zu bringen, und es war das Wasser, das ihm in den Mund drang, um ihn zu ersticken.

In einer brutalen Reaktion schlug er mit den Beinen, um sich an die Oberfläche zu erheben, und es gelang ihm. Jetzt war er frei, sein Kopf saugte vor Eifer ein und er versuchte, ans Ufer zu schwimmen. Seine Schulter schmerzte fürchterlich und er fürchtete, ohne die richtige Hilfe seines wunden Arms nicht lange über Wasser zu bleiben.

Und als er sich von der Strömung mitreißen ließ und mit einem Arm schwamm, um den anderen auszuruhen, sprang etwas auf ihn; es war die Leiche seines Feindes, die, als sie ebenfalls aus dem Wasser auftauchte, von der Flut mitgerissen wurde.

Der Schmuggler schwamm kräftiger, vielleicht weil er nicht verkümmert war, und Bob hatte das Gefühl, dass er versuchte, über ihn hinwegzukommen, um zu sehen, ob er ihn endlich versenken konnte.

Instinktiv tauchte Bob ab, um ihn über sich hinweg passieren zu lassen, und kam einige Meter später wieder heraus, wobei er beim Auftauchen über die Leiche seines Feindes stolperte.

Und instinktiv streckte er die Hand aus, während er mit dem schmerzenden Mann schwamm. Beim Ausfahren stolperte er über den Stiefel des Schmugglers und hielt ihn fest. Sein Feind, der sich ergriffen fühlte und ihm die Bewegung des für seine Rettung so präzisen Ruders fehlte, versuchte sich zu regen, aber Bob holte mit der Granithärte seines Wesens und Charakters tief Luft, holte Luft in seine Lungen und tauchte sich bis auf er konnte ziehen. hinter ihm der Körper seines Feindes, der vom Stiefel ergriffen wurde.

Es zitterte krampfhaft unter dem Wasser, aber Bob schwamm heftig, so gut er konnte, bereit, Widerstand zu leisten, bis seine Lungen nicht mehr nachgaben und als er es nicht mehr ertragen konnte, ließ er seinen Griff los und erhob sich an die Oberfläche.

Er sah den Schmuggler nicht wieder. Er wusste nicht, ob er ertrunken oder von der Strömung weggespült worden war, aber er hatte nicht mehr tun können, um sich zu rächen.

Und dann begann sein Kampf um die Erlösung.

Erschöpft von Fähigkeiten, fühlte er sich jedes Mal, wenn er versuchte zu schwimmen, von der Strömung angezogen und konnte sie nicht überwinden. Dies zwang ihn, stromabwärts weiterzufahren, was seine großartigen Schwimmfähigkeiten ansprach.

Manchmal drehte er sich auf den Rücken und achtete darauf, mit minimalem Aufwand über Wasser zu bleiben, um Energie zu tanken, da er nicht unbegrenzt im Wasser bleiben konnte. Irgendwann müsste es landen oder es würde endgültig sinken.

Und so ging er schwindelerregend davon, ohne zu wissen, wohin der Fluss ihn führte oder ob er jemals wieder herauskommen konnte. Ich versuchte ängstlich, etwas zu sehen. Die Sicht war im Sternenlicht sehr schlecht und er hatte keine Ahnung von der Landschaft. Nur Schatten schnitten vage in das schwache blaue Leuchten der Nacht, die vage vor seinen fieberroten Augen vorüberzog, und er sah nichts mehr.

Plötzlich spürte er ein Klopfen in seinen Füßen. Er hatte das Gefühl, dass es sein Feind sein könnte, der ihn erreicht hatte und er versuchte, das tragische Spiel zu erwidern, und er drehte sich in dem Moment um, als das, was ihn im Wasser getroffen hatte, an einer seiner Flanken herunterrutschte. Die Berührung, die es erzeugte, ließ ihn verstehen, dass es sich um einen von der Strömung getragenen Baum handelte, und er streckte schnell eine Hand aus.

Einer der überhängenden Äste traf ihn am Arm. Schnell packte er es und hielt den Koffer fest, um ihn daran zu hindern, sich vorwärts zu bewegen und zu manövrieren, so gut er konnte, er schaffte es, sich daran festzuhalten und ihn als Schwimmer zu nehmen.

Das hat ihn sehr entlastet. Er würde ohnmächtig werden und dieser Baum der Vorsehung könnte seine Rettung sein.

Und es war. Etwas weiter bildete der Fluss eine scharfe Kurve; Die Strömung schob den Baum um die Biegung, und als er auf den Sims traf, verhakte er sich an etwas. Bob, ohne eine Minute zu verschwenden, erkannte, dass er das Land zwei Schritte entfernt hatte und es nicht verlieren konnte, ließ den Baum los und schwamm heftig, bevor das Wasser im Whirlpool, das die Kurve traf, ihn zurück in die Kurve zog.

Und er sank halb auf den Grund, aber mit Arbeit kam er heraus und erreichte mühsam das Ufer.

Als er trockenes Land betrat, verblassten die brutalen Energien, die ihn im Kampf gehalten hatten; er spürte, wie sich seine Augen trübten, seine Muskeln steif wurden und sein Fleisch sich in schlaffe Lumpen zu verwandeln schien.

Und er machte ein paar zögerliche Schritte, fiel aufs Gesicht und klebte sinnlos am Boden.

Die Sonne schien ziemlich hoch, als die Wärme, die ihre Strahlen ihr gaben, ihn wiederbelebte. Er kam langsam wieder ins Leben zurück, ohne sich seiner Situation bewusst zu sein und es brauchte Arbeit und Mühe, um seine Klarheit wiederzuerlangen. Als er endlich alle Sinne wiedererlangte, begann er sich Detail für Detail an das Ereignis zu erinnern, und sein dunkles und hartes Gesicht spiegelte die schmerzlichste Qual wider.

Schlimm für immer, angeschlagen, geschlagen, schmerzerfüllt und schlaff, war er gerettet worden. Es war eine gigantische Sache gewesen, aber es war ihm gelungen; aber was war aus Caro geworden? Jetzt erinnerte sie sich zum ersten Mal an ihn, seit sie in die Wellen des Großen gefallen war.

Und der Schmerz erdrückte ihn. Caro hätte dem Angriff seines Feindes nicht standhalten können, geschweige denn einem Tauchgang im Rio Grande mitten in der Nacht.

Und er dachte an seine Mutter und seine Schwester, an den Schmerz, der sie heimsuchen würde, wenn sie von der Tragödie erfuhren und die Verantwortung, die dieser Tod ihnen auferlegte, weil sie Caro dazu gebracht hatten, sich den Rangern anzuschließen.

Als wäre sein Körper aus Stein, rappelte er sich auf. Er war durchnässt, erschöpft, und seine linke Schulter schmerzte unerträglich, wohl weil er durch den Schlag jetzt stärker anschwoll.

Mühsam näherte er sich dem Fluss. Es glitt stürmisch dahin, und es war nicht nötig zu denken, dass ein Lastkahn, der es hinaufkletterte, sich den Ufern nähern konnte, um es aufzunehmen, denn es war gefährlich, aber unmöglich.

Er würde seine eigenen Mittel einsetzen müssen, um weiterzuziehen und nach El Paso zu gelangen, wann und wie er konnte. Aber er war so erschöpft, dass er sich für diesen Spaziergang aufladen musste. Der Fluss hatte ihn einige Meilen aus der Stadt getragen, und er wusste nicht, wie er dorthin gelangen sollte.

Dieser Ort war verlassen. Es war alles offenes Grasland und die nächste Stadt musste unten sein, er wusste nicht, wie weit es entfernt war. Seine Odyssee würde doppelt schmerzhaft sein, denn die Länge des Marsches würde ihn müde, hungrig und schmerzerfüllt machen.

Aber er konnte keine Zeit verschwenden. Je mehr er seine Qualen verlor, desto größer wurde sie und er musste sie abkürzen.

Seine einzige Hoffnung war, dass ein Ranger, der am Fluss Wache hatte, weit genug absteigen würde, um ihn zu entdecken.

Und seine Schmerzen ertragend, begann er langsam nach Norden zu gehen.

Der Marsch war schwierig. Es war fast nachmittags, als er seine Energie erschöpft hatte und er sich ohnmächtig fühlte. Er konnte nicht weitergehen und würde gezwungen sein, sich ins Gras zu fallen und eine weitere Nacht der Qual zu verbringen. Und als er erschöpft am Boden zusammenbrach, erwischte er den Galopp einiger Pferde. Wie elektrisiert stand er auf und suchte nach der Quelle dieses Galopps.

Seine Freude war unaussprechlich, als er entdeckte, dass es sich um ein Paar Rangers handelte. Als sie ihn entdeckten, galoppierten sie ihm entgegen.

„Sergeant Reggs, Sergeant Reggs!

„Hallo Leute, wie geht es euch hier?

„Meine Güte, wie geht es Ihnen, Sergeant! Aber Gott sei Dank lebt er wenigstens.

„Das stimmt, Jungs. Sie werden mir nicht sagen, dass Sie nach mir gesucht haben.

„Natürlich haben wir Sie gesucht, Sergeant. Zwanzig Männer laufen den Fluss entlang und suchen nach ihm.

„Woher wusstest du, dass es hier in der Nähe sein könnte?

„Für seinen Bruder Caro.

„Hey? Teuer? Ist mein Bruder gerettet?

"Ja, Sergeant. Er erschien mittags in El Paso mit einem Boot und zwei Schmugglern, die er mit einem Steinschlag auf den Kopf hatte annullieren lassen. Es war etwas Großes nach dem, was sie uns erzählt haben, und er war es, der gesagt hat dass sie in den Fluss gefallen sind und deshalb haben wir ihn hier gesucht.

Bob fiel mit Tränen in den Augen auf die Knie und dankte dem Himmel für Caros Rettung. Dann bettelte er um Wasser und etwas zu essen, das er mit heftigem Appetit verschlang.

Beruhigter stieg er auf eines der Pferde und fragte nach Einzelheiten über die Odyssee seines Bruders, aber niemand konnte sie nennen, weil sie nichts von allem wussten, was passiert war.

Und es war schon Nacht, als sie die Kaserne betraten, wo Hauptmann Walter düster und nervös durch den Hof ging, der von größtem Pessimismus über das Schicksal des Feldwebels beherrscht wurde.

Seine Freude war riesig, als er ihn eintreten sah und auf ihn zukam, rief er:

„Endlich, Bob, hast du uns mit unseren Seelen im Schlepptau!

„Es tut mir leid, Captain, ich... aber bitte, wo ist mein Bruder?

Das Geschrei, das bei der Ankunft des Sergeants auftrat, alarmierte Caro, die im Hof gerannt erschien. Als sie Bob sah, stürzte sie sich auf ihn und ohne ein Wort sprechen zu können, umarmte sie ihn krampfhaft. Bob spürte, wie sich seine Augen mit Tränen füllten und strich ihr übers Haar und sagte;

„Wie froh ich bin, Caro! Ich dachte, dass...

„Und ich? Was habe ich gelitten, wenn ich an dich und uns dachte.

„Nun, jetzt ist alles vorbei. Jetzt bleib standhaft.

Der Kapitän, der auf die Schuppen deutete, befahl;

„Bob, zieh dich um und zieh dich ein bisschen an. Wenn Sie bereit sind, kommen Sie in mein Büro; du auch, Caro.

Eine halbe Stunde später waren die drei im Büro wieder vereint, wo die beiden Brüder ihre Abenteuer getrennt voneinander erzählten.

Bob, sehr stolz, von Caros Leistung zu erfahren, sagte:

„Mein Kapitän, ich hoffe, Sie waren mit dem Test zufrieden. Ich war mir sicher, dass mein Bruder mich nicht an einem schlechten Ort zurücklassen würde.

„Nicht. Er war tapfer, und zu gegebener Zeit wird er seine Belohnung bekommen. Jetzt musst du nur daran denken, die von Caro gesammelten Daten zu nutzen und Harry nicht im Stich zu lassen. Auch er ist in großer Gefahr für... mit dem Betrieb kooperieren.

"Natürlich. Harry hat auch einen Ranger-Emblem und ich erkenne seine Ehre an. Wir waren mit Gewalt ein bisschen ein Held, aber er ist kaltblütig und sucht nach Gefahr. Ich hoffe, das hilft, damit wir nicht verlieren Kontaktieren Sie ihn, wenn wir die Crew finden.

„Hast du das Geierpaar schon verhört?

„Nicht. Der eine ist noch nicht zur Besinnung gekommen und der andere wird, glaube ich, nichts sagen können. Der Arzt findet ihn sehr ernst und misstraut seiner Rettung.

„Ein Geier weniger. Solange der andere sprechen kann...

„Vertraue nicht zu viel, Sergeant. Die meisten dieser Männer sind selbstbeherrschte Dummies. Sie wissen nur, wie wenig ihnen gesagt oder befohlen wird, und Tymson wird ihnen nicht anvertrauen, seine Pläne zu erklären. Aber sie werden etwas wissen, zum Beispiel, wo die Bande ist, ihren Unterschlupf und vielleicht wo die Schmuggelware ist. Etwas, das Ihnen hilft, sie besser zu finden.

"Wir werden es versuchen. Jetzt geht es vor allem darum zu sehen, wie diese Leute in La Mesa überwacht und lokalisiert werden. Wenn Tymson die drei oder vier Männer vermisst, die er bei seiner Flucht verloren hat, wird er sehr auf der Hut sein und seine Pläne ändern. Ich bin mir nicht sicher, ob wir es in La Mesa finden werden, und noch weniger Schmuggelware. Ich glaube, wir haben noch viele Knochen zum Nagen.

„Solange der Knochen in der Nähe der Zähne ist, werden wir ihn nagen.

„In diesem Fall sollten Sie sich von so viel Müdigkeit ausruhen und sich erholen. Lassen Sie den Arzt auf die Schulter schauen, die so weh tut, und wir werden den Plan studieren.

Bob musste sich hinlegen und der Arzt untersuchte seine Schulter. Er hatte keine gebrochenen Knochen, aber er hatte eine starke Schwellung von dem Schlag.

Der tapfere Sergeant schlief an diesem Tag wenig und schlecht. Das Fieber packte ihn und seine Temperatur stieg stark an, und der Arzt sagte voraus, dass er in einer Woche nicht in der Lage sein würde, im aktiven Dienst zu dienen.

Dies widersprach dem Kapitän, der ihm den zu erbringenden Dienst anvertrauen wollte. Eine Woche war angesichts der knappen Zeit eine lange Zeit.

Er dachte an Caro, aber der Junge, obwohl tapfer und zäh, hatte keine Erfahrung für bestimmte Dienste und würde gezwungen sein, die Mission einem anderen Sergeant anzuvertrauen.

In dieser Nacht versuchte er, den verwundeten Schmuggler zu befragen. Er beharrte darauf, zu sagen, dass er sehr wenig über Tymsons Geschäft wisse. Sie hatten ihn nach El Paso geschickt, um seinen Chef im Boot mitzunehmen, als er zur Abfahrt bereit war, und er wusste nur, dass er sich eine Woche später auf La Mesa konzentrieren musste, wo er sich mit seinem Partner traf.

Aber der Kapitän belagerte ihn mit Fragen.

Woher kam das Boot? "Ich frage.

„Von San Elizondo. Dort befahl er uns, ihn zu finden.

„Und der, der beim Abdocken hier auf der Promenade zurückgelassen wurde?

„Ich kenne kein anderes Boot.

„Es scheint, dass Sie nichts wissen wollen, und das ist sehr gefährlich. Es gibt einige gute Hanfseile, um die Zunge der Vergesslichen zu lockern.

„Du kannst mich hängen, aber mehr kann ich nicht sagen. Er befahl uns, das Boot abzuholen, das uns ein Fischer namens Jack bringen sollte, und ab Mitternacht auf der Promenade auf ihn zu warten. Dann hatten wir den Befehl, das Boot dort zu verlassen, wo wir es abgeholt hatten, und nach La Mesa zu fahren.

„Wie viele Leute hat Tymson unter seinem Kommando?

„Ich weiß es nicht. Manchmal versammelt er bis zu zwei Dutzend Männer und manchmal weniger, wenn es nötig ist. Wer davon weiß, ist Morley, sein Handlanger, der uns Befehle erteilt.

„Wo ist Morley?", fragte der Captain und erinnerte sich daran, dass dies der Nachname war, von dem er Harry genommen hatte.

„Wer weiß? Wir haben ihn vor vier Tagen gesehen, als er uns den Auftrag gegeben hat, den Gottesdienst durchzuführen, und wir haben ihn nicht mehr gesehen.

Walter musste auf jede weitere Befragung des Verwundeten verzichten. Für den Augenblick konnte nichts mehr aus ihm herauskommen als das Gesagte, was sehr wenig war, aber er hoffte, dass er, wenn er sich von der tiefen Wunde, die seinen Kopf quälte, etwas erholte, in der Lage sein würde, ihn noch mehr zu drücken, auch wenn es mit ziemlich ernsten Drohungen war.

Da der Cache offenbar erst eine Woche später nach Mexiko gelangen könnte, konnte er vorerst unbeschadet mit Maßnahmen zur Organisation der Überwachung und des Steerts warten.

Dazu müsste er mit der Landbevölkerung von New Mexico kommunizieren, um ihre Bemühungen zum richtigen Zeitpunkt zu koordinieren.

Kapitel VIII

GEFAHR NACH GEFAHR

Harry war etwas nervös, als er sich im Morgengrauen weit von El Paso entfernt befand, ohne die geringste Spur hinterlassen zu können, damit Bob und seine Männer seiner Spur folgen konnten und sich bewusst waren, was passieren könnte.

Er begann zu befürchten, dass seine kühne Eigenschaft nutzlos sein würde, und stattdessen würde er gezwungen sein, mit den Schmugglern im Versteck zusammenzuarbeiten, falls die Rangers ihn irgendwie verfehlten. Es würde eine alberne Gefahr für ihn sein, davonzulaufen, denn er vermutete, dass es für ihn nicht sehr einfach sein würde, sie zu durchbrechen und ihnen zu entkommen, wenn er einmal in den Maschen der Bande gefangen war, und wenn er erfolgreich war und entkam, würde sich seine Flucht ändern alle von Tymson und seinen Plänen. seine Berichte, die er in exponierter Form erhalten hatte, dienten nur dazu, seine Begleiter zu desorientieren.

Morley hatte große Fähigkeiten gezeigt, ihn aus El Paso herauszuholen, ohne dass es jemand bemerkte. Dadurch bekam er eine kleine Vorstellung vom Geschick und der List der Schmuggler und wie gut sein Chef dieses produktive und gefährliche Geschäft organisiert hatte.

Er vermutete, dass die Schmuggelware angesichts des Angebots, das ihm gemacht worden war, einen hohen Wert haben musste, und wenn ja, mussten die zu seinem Schutz ergriffenen Maßnahmen ebenfalls sehr hart und schwerfällig sein.

Aber es gab keine Wahl mehr. Er würde weiterziehen müssen, und zukünftige Ereignisse würden den Ton für seine zukünftige Haltung angeben.

Die Pferde wandten sich nach Norden, und ungefähr drei Meilen wurden sie von einem anderen Paar begleitet.

Morley begrüßte einen von ihnen:

„Alles in Ordnung, Jim?

„Alles gut, Morley. Wir sind vor Tagesanbruch abgereist und niemand hat uns gesehen.

"Gehen Sie geradeaus. Unsere Mission in El Paso ist beendet.

Die vier galoppierten weiter. Harry vermutete, dass der andere Reiter, der seine Lippen nicht geöffnet hatte und der wie ein Cowboy aussah, wenn auch mehr besiegt, ein weiteres neues Element der Gang war.

Und der Ranger fragte sich, wie viele Leute sie für die Operation brauchen würden, wenn sie gezwungen waren, auf diese etwas willkürliche Art und Weise neue Elemente einzufangen.

Mitten am Tag hielten sie in der Einsamkeit der Wiese an, um das Mittagessen vorzubereiten. Niemand sprach, und keines der beiden neuen Mitglieder der Bande schien entschlossen zu sein, irgendwelche Fragen zu stellen.

Nach dem Imbiss begannen sie wieder in stetigem Galopp, und als die Nacht hereinbrach, sagte Morley:

„Wir müssen hier bis zum Morgengrauen campen. Wir haben noch zwei Tage für morgen und nachts werden wir in unserem eigenen Camp schlafen.

Harry stellte eine mentale Berechnung an. Angenommen, sie ließen in den zwei Tagen etwas mehr als vierzig Meilen hinter sich und gingen etwas schräg, so musste man annehmen, dass die Höhle in der Reihe kleiner Berge lag, die von Süden nach Norden gestaffelt waren, bis sie in die Teilung von . eintraten Nuevo Mexiko.

Harrys Berechnungen waren nicht falsch. In der Abenddämmerung des nächsten Tages erreichten sie einen dieser Berge, der als Cerro Alto bekannt ist.

Er war nicht sehr weitläufig, aber steil, kompliziert und im Gefahrenfall aufgrund seiner Krustenstruktur und seiner riesigen, fast bis zum Gipfel ragenden Klippen sehr verteidigungsfähig.

Sie kamen in einen schmalen Spalt und Morley übernahm die Führung. Das Labyrinth der Stufen war kompliziert, weil sie sich ständig kreuzten und gabelten und nur er den Weg gut kannte.

Schließlich näherten sie sich zwei riesigen Klippen, die fast aneinander stießen und einen freien Raum ließen, durch den kaum ein Wagen hindurchpassen konnte.

Als er näher kam, gab er modulierte Pfeifen von sich, die aus der Höhe beantwortet wurden, und kurz darauf kam ein böser Kerl, der mit einem doppelläufigen Gewehr ausgestattet war, zwischen einigen Felsen heraus, um sie zu empfangen.

„Hallo, Morley", grüßte er. Und zurück?

„Ja. Hier bringe ich zwei neue Sachen mit. Nichts besonderes?

"Nichts.

„Sind die Waden angekommen?

"Sie kommen. Wir haben einige versammelt, aber sie werden immer noch vermisst.

„In diesen Tagen kommt der Rest. Und Waggons?

„Bis jetzt zwölf.

„Nicht schlecht. Der Rest kommt auch bald. Wo ist Frederich?

"Da drin.

"Gehen.

Sie betraten den hohen, schmalen Spalt und fanden sich in einer weiten, grasbewachsenen Öffnung wieder. Dies war ein echtes Lager, in dem etwa zwanzig Männer den riesigen Raum durchstreiften wie Tiere, die in einem riesigen Käfig eingesperrt waren.

Auf den ersten Blick nahm Harry das ganze Bild wahr. Es gab einige lange Schuppen, die für die Männer der Bande bestimmt gewesen sein mussten und rund um die Schlucht verteilt waren, zwölf massive große Karren, Stapel von Kartons mit perfekter Verpackung, die übereinander und auf der anderen Seite gestapelt waren, fast hundert Esparto-Waden. in Form eines breiten Netzes gewebt.

Der Ranger untersuchte alles sorgfältig und fragte sich, was das alles zu bedeuten hatte. Was er im Auge hatte, musste der Vorrat sein, der zu einem knappen Termin nach Mexiko gehen musste, und wenn das der Fall war und er perfekt in soliden Holzkisten verpackt und fest verschlossen war, welche Bedeutung hatten dann diese Waden, die Morley so bedeutete? Interesse an?

Es würde nicht lange dauern, es herauszufinden, aber im Moment war er sehr fasziniert.

Ein großer, stämmiger, zäh aussehender, bedrohlicher Kerl kam auf Morley zu.

"Hallo Joe, was ist los?", frage ich.

„Im Moment nicht viel, Friedrich. Hier bringe ich Ihnen diese beiden guten Männer. Sind noch mehr angekommen?

„Wir haben zwei neue. Sie sind vor zwei Tagen angekommen.

„Nun, ich denke, mit diesen und denen, die in El Paso geblieben sind, wird es nicht mehr nötig sein. Wie geht das?

„Wir haben noch nicht mit der Vorbereitung der Waden begonnen und warten darauf, dass der Rest eintrifft. Sobald wir alle haben, werden wir die Kisten öffnen und alles vorbereiten.

"Sehr gut. Ich werde morgen früh nach La Mesa fahren, wo ich mich mit dem Chef treffe. Sie müssen das Gelände auf dieser Seite gut untersuchen, um sicherzustellen, dass alles gut geht. Die erwarten sicherlich nicht, dass die Passage durchkommt" dieser Site, aber Sie müssen auf jeden Fall sicherstellen.

„Und der Chef?

„Spaß haben in El Paso.

„Keine Alarmsymptome?

„Wir haben nichts beobachtet, aber der Chef traut ihm sowieso nicht. Zu gegebener Zeit wird er wie Rauch verschwinden und aufgesucht werden.

Frederich übernahm die beiden neuen Schmuggler und zeigte auf einen Seesack im Schuppen. Dann deutete er an, dass sie so lange wandern könnten, wie sie wollten, solange die Arbeit nicht begann.

Harry stellte keine Fragen und sein Partner, so stumm wie er, folgte ihm.

Und so fand sich der tapfere Ranger im Schmugglerbau wieder, umgeben von Gefahren von allen Seiten und ohne zu wissen, wie er ihr ausweichen sollte und vor allem, wie er dem Corps nützlich sein konnte, indem er etwas tat, das frustrierte die Lieferung dieses gewaltigen Vorrats.

Neugierig ging er durch die Schlucht und als sich die Gelegenheit bot, näherte er sich einem der Kistenstapel. Er musste die Zähne zusammenbeißen, um nicht nach Luft zu schnappen, als er erkannte, was vor seinen Augen war.

Die Kartons trugen verschiedene Schilder, die alle in eine Richtung zeigten. Es waren Waffenkisten für die Kriegsteilnehmer, die aufgrund des Kriegsendes nicht geöffnet oder an ihren Bestimmungsort geschickt worden waren.

Und er fragte sich, wie sie an dieses Arsenal gelangen konnten, das einer strengen Kontrolle hätte unterliegen sollen, da es sich um Regierungsmaterial handelte, das für die Soldaten bestimmt war.

Wenn es gestohlen wurde, wurde nicht erklärt, wie sie es aus den Lagern der Intendancy holen konnten, ohne dass sie es merkten, und wenn dies nicht der Fall war, musste zugegeben werden, dass sich in diesen Lagern Verbündete der Schmuggler befanden, die den Ausgang erleichterten Material, die wussten, wenn sie ein legales Ziel vortäuschen würden, würden sie es nie erreichen.

Am nächsten Tag teilte jemand mit, dass zwei Waggons ankamen. Ein Kenner des Geländes suchte sie und später betraten sie das Lager. Sie kamen mit leeren Waden beladen an und sowohl die Fahrzeuge als auch die Fahrer wurden in der Höhle gelassen.

Und am nächsten Tag begann er auf Frederichs Befehl mit der Arbeit, die Harry so faszinierte.

Es bestand darin, die Kisten zu öffnen, die Waffen auszupacken und sie in die Waden zu legen, aber auf eine Weise, die die Leute über ihren Inhalt täuschen konnte.

Diese Waden wurden mit frischem Gras gefüllt, das die Maschen außen bedeckte, und dann wurde das Innere geschickt mit Waffen gefüllt, die mit Kunst versehen waren, damit sie nirgendwo auftauchten. Sobald die Waffen an Ort und Stelle waren, wurden sie mit Gras bedeckt und fest verschlossen. Auf den ersten Blick enthielten sie nur frisches Gras zur Viehfütterung.

Harry bewunderte den Trick. Niemand konnte mit Waden beladene Waggons vermuten, die ohne gründliche Durchsuchung nur Viehfutter enthielten.

Die einfache Sache war, die Kisten so geladen zu haben, wie sie angekommen waren. Ob der Schmuggel gewaltsam oder inkognito durchgeführt werden sollte, diese Arbeit oder diese Vorsichtsmaßnahmen, wurde nicht erklärt, aber angesichts von Tymsons Fähigkeiten vermutete er etwas Subtileres, als die Rangers vermuteten. Sicherlich musste die Sache so organisiert werden, dass diese Karren mit dieser falschen Sendung vor den Nasen der Verantwortlichen vorbeifahren konnten, ohne zu ahnen, was sie enthielten.

Harry arbeitete wie die meisten beim Packen und einige Tage lang wurde die Operation ruhig aber vorsichtig durchgeführt. Frederich beobachtete alle Container und sie wurden erst zugebunden, als er seine Zustimmung gab.

Harry hatte denselben Begleiter, der die Reise mit ihm gemacht hatte. Der Ranger beobachtete ihn aufmerksam und schien zu ahnen, dass er nicht sehr glücklich war, was ihn vermuten ließ, dass er getäuscht worden war oder dass die Notwendigkeit ihn gezwungen hatte, etwas zu akzeptieren, das ihn nicht befriedigte.

Und er entschloss sich, seine Zunge zu ziehen.

„Gut gemacht, Kumpel", kommentierte er. Wenn die Dinge gut laufen, werden wir genug einstecken, um uns für einige Zeit das großartige Leben zu geben.

„Ja, das wird alles gut, wenn nichts passiert.

„Was wird passieren? Morley hat mir erzählt, dass dies sehr oft geschieht und sie nie etwas entdeckt haben.

„Morley wird sagen, was er will, aber vor ein paar Monaten gab es eine offene Schlacht an der Wasserscheide, bei der mehr als zehn Fahrer aus einem Cache wie diesem fielen und fast die gesamte Ladung im Fluss landete.

„Alles hat seine Insolvenzen. Glaubst du, das wird sie auch haben?

„Ich weiß es nicht. Ich würde es gerne nicht tun, aber wenn es gut läuft, versichere ich dir, dass ich in Mexiko bleibe. Das gefällt mir nicht.

"Warum bist du gekommen?

„Er war ertrunken, mittellos. Sie sagten mir, sie hätten mir einen gut bezahlten Job gegeben und ich habe ihn angenommen. Später erfuhr ich von der Arbeiterklasse und es gab keine Wahl mehr. Wenn ich jemals gesagt hätte, dass ich aufhöre, hätten sie mich nicht gehen lassen.

„Es ist möglich. Wenn Sie sich zu so etwas verpflichten, sind Sie bereits süchtig. Wir vertrauen darauf, dass alles gut geht und wir bleiben in Mexiko, um einen anderen Weg zu gehen.

„Sie sind auch nicht zufrieden?

„Tausend Dollar helfen, sich niederzulassen. Ich war wie du und ich brauchte Geld.

"Es ist wahr. Geld erzwingt viele Dinge.

Sie äußerten sich nicht weiter. Harry wusste genug, um zu gegebener Zeit, falls nötig, den Umständen entsprechend vorzugehen. Er war sich sicher, wenn er die Hilfe seines Partners brauchte, würde er sie bekommen, besonders wenn er von seinem Ranger-Status erfuhr.

Der Packvorgang war glücklicherweise innerhalb einer Woche abgeschlossen und die Waden wurden mit Seilen fest auf die Karren gelegt.

Zur größeren Sicherheit enthielten einige von ihnen, besonders die, die aus dem Heck herausragten, nur Gras. Es war eine Maßnahme im Vorgriff auf einen Registrierungsversuch.

Eines Nachmittags wurde Harry von der Ankunft zweier Reiter überrascht. Diese, Tymson und Morley, kamen, um die Ladung zu untersuchen und sie vermutlich zu führen, wenn sie in die Prärie gingen.

Tymson war nicht mehr der schicke, gut gekleidete Typ, den ich in der Kneipe gesehen hatte. Jetzt trug er ein kitschiges Cowboy-Outfit und berührte seinen Kopf mit einem breiten Stanton-Hut. Sein Hemd war knallig, seine blaue Jeanshose, hohe Stiefel und zwei beeindruckende Hengstfohlen in der Taille.

Morley war ebenfalls ähnlich gekleidet und dies ließ den Ranger vermuten, dass sie sich auf das letzte Kapitel des Abenteuers begeben würden.

Mit angespannten Nerven ging er durch die Schlucht und versuchte etwas von dem einzufangen, worüber sie zwischen ihnen und Frederick sprachen. Es war ihm sehr wichtig, denn seine zukünftige Einstellung könnte davon abhängen, was er herausfindet.

Und obwohl es nicht viel war, hörte er etwas, das irgendwann, wenn er Glück hatte, von großem Nutzen sein konnte.

Es war eine lose Frage von Frederich und eine Antwort von Tymson.

„Wo werden wir überqueren, Boss?

"Von Filmore. Dort fließt viel Futter zu den Ranches auf der anderen Seite des Flusses. Es gibt einen großen Lastkahn, der die Waggons überqueren wird. Da alles auf amerikanischem Territorium durchgeführt wird, kann niemand etwas ahnen. Ich werde reden, wenn wir an der Kluft sind.

Harry war verwirrt. Der Plan war gut kombiniert, da sie den Fluss nicht an der Grenze zu Mexiko überqueren, sondern innerhalb des Territoriums von New Mexico auf die gegenüberliegende Seite gehen würden. Später würden sie nicht die Unannehmlichkeiten des Flusses haben, um in den Nachbarstaat zu gelangen, sondern eine Landlinie mit einer illusorischen Grenze, die für den Lauf der Karren kein Hindernis darstellte.

Alles sehr gut kombiniert und in der Lage, die Ranger zu verwirren, die am Fluss auf den Vorrat warteten.

* * *

Inzwischen hatte Kapitän Walter in El Paso die Aktionen seiner Männer studiert. Er rechnete damit, dass er viele brauchen würde und hatte die Entfernung von Rangern aus verschiedenen Sektoren angeordnet, damit sie zu einem bestimmten Zeitpunkt gruppiert und verfügbar waren.

Bobs Zustand schien es ihm nicht zu erlauben, den Fall mit der nötigen Energie zu bearbeiten, und er beschloss, eine solche Mission einem anderen der erfahrensten Sergeants zu übertragen. Letzterer würde mit Caro als Assistentin nach La Mesa gehen, um Nachforschungen anzustellen. Dem Sergeant wurde befohlen, Tymson zu verhaften, wenn er ihn im Dorf fand.

Caro seinerseits musste in Zivilkleidung Spionage betreiben. Den Schmugglern war er noch unbekannt und dieses Detail könnte für ihn wertvoll sein.

Und der Junge, ermutigt durch seinen anfänglichen Erfolg, war riesig geworden und fühlte sich zu den größten Heldentaten fähig.

Caro stieg vor Sgt. Seine Mission war explorativ und später, wenn der Sergeant zu ihm kam, würde er über seine Entdeckungen berichten.

Aber während Caro pünktlich in La Mesa ankam, kam der Sergeant nicht, weil etwas Unvorhergesehenes passierte, das ihn zu spät ankommen ließ.

Alles wurde durch die Ankunft des einzigen Überlebenden des Bootes verdorben, das die beiden Ranger bemannt hatten. Er war derjenige, der mit Caro kämpfte und der trotz eines heftigen Schlages mit einem Ruder auf den Kopf gelangen konnte, sich an die

Küste verstecken und sich verstecken konnte, bis er die Gefahrenlinie überquerte und sich in La Mesa vorstellte, als Tymson im Begriff war abzureisen die Stadt, um sich dem Schmuggel anzuschließen und die Kontrolle darüber zu übernehmen.

Der Schmuggler erschien mit bandagiertem Kopf, den er jedoch mit seinem Hut versteckte. Tymson, der ihn sah, fragte:

„Welche Neuigkeiten bringst du, Jules? Und deinen Partner?

„Mein Partner? Der Teufel, wer weiß, Boss. Etwas Tragisches ist passiert, nachdem Sie gegangen sind und an diesem Tag weiß ich nicht, was mit Carl passiert ist.

Tymson runzelte die Stirn und rief:

„Sprechen Sie, sagen Sie, was passiert ist.

Der falsche Fischer berichtete von der Anwesenheit der beiden Ranger im Boot und wie sie gezwungen wurden, ihnen zu folgen. Dann erzählte er von dem Kampf und wie das Boot gekentert war und alle in die Strömung geworfen hatte.

"Ich weiß nicht, was passieren würde", fügte er hinzu "; Ich wollte einen von ihnen fangen, aber er konnte sich ein Ruder schnappen und mir auf den Kopf schlagen. Dies hinderte mich und ich war kurz davor, das Ufer nicht gewinnen zu können. Es ist mir gelungen und ich konnte rechtzeitig hierher kommen, um über das Ereignis zu berichten.

Tymson mochte die Nachricht nicht. Von seinen vier Männern war er der Erste, der ankam, und der Rest muss schon da sein.

„Das gefällt mir nicht", sagte er, „denn wenn einer von ihnen gerettet wurde, werden sie versuchen, meinen Hinweis zu finden. Ich nahm an, dass sie mich beobachteten, aber nicht so sehr.

«Du bleibst also hier, falls deine Gefährten eintreffen und schickst sie ins Tierheim. Wenn sie übermorgen nicht zurückgekehrt sind, nimm den Weg und mach dir keine Sorgen mehr um sie.

Und in derselben Nacht verließ Tymson mit seinem Sekundanten La Mesa, um sich in Erwartung einer Durchsuchung durch alle Städte im Flussgebiet in Sicherheit zu bringen.

Caro war sich der Anwesenheit des Mannes nicht bewusst, der ihn in die Ewigkeit schicken wollte, und hatte in einem der beiden Gasthäuser in La Mesa übernachtet und sich als Cowboy ausgegeben, der aus dem Urlaub zurückkehrte. Er plante, sie dort zu beenden, indem er sich zwei oder drei Tage ausruhte und dann nach Süden weiterfuhr.

Aber am selben Tag, an dem der Sergeant eintreffen sollte, um Caro zu treffen und zu erfahren, was er herausgefunden haben könnte, um die Männer einzusetzen, die bereits bereit waren, das Versteck abzufangen, geschah das Unerwartete. Als Caro vor der Tür des Gasthauses auftauchte, um spazieren zu gehen, da sie niemanden hatte ausfindig machen können, entdeckte sie mit unendlichem Erstaunen einen Reiter, der mit Decke, Reisetasche und Gewehr ausgerüstet ging das andere Gasthaus lag etwas unter ihrem und schien sich auf eine Reise zu begeben.

Sein Erstaunen war gewaltig, als er den Schmuggler erkannte, der ihn im Fluss töten wollte, und sein erster Impuls war, ihm nachzulaufen, um ihn aufzuhalten, aber von einer Eingebung ergriffen, war er angespannt, als er ihn die Straße zur Wiese hinabstieg.

Und ohne eine Minute zu verlieren, suchte er sein Pferd, bezahlte hastig das Gasthaus, sprang in den Sattel und machte sich bereit, dem Schmuggler aus der Ferne zu folgen.

Er musste irgendwohin, und wenn das Glück ihn begünstigte und er ihn nicht aus den Augen verlor, würde es ihn vielleicht an einen Ort führen, der für seine Mission von größter Bedeutung war.

Er traf alle möglichen Vorsichtsmaßnahmen und verließ sich auf sein scharfes Sehvermögen, und folgte ihm aus einer Entfernung, in der es fast unmöglich war, ihn zu unterscheiden. Die Tatsache, dass kein anderer Reiter auf der Ebene zirkulierte, begünstigte ihn, um ihn nicht in die Irre zu führen.

So verfolgte er ihn stundenlang, bis sie sich am Abend einem unwegsameren Gelände näherten, das es ihm erlaubte, die Strecke zu verkürzen.

Aber seine Angst war, dass es während der Nacht verloren gehen würde und er nie wieder auf die Spur kommen würde. Das machte ihn nervös und er wusste nicht, was er tun sollte.

Nightfall hielt ihn bei der Verfolgung auf und er fragte sich wütend, was er versuchen sollte.

Bis er rücksichtslos beschloss, mit Vorsicht vorzugehen. Hätte der Schmuggler gecampt, könnte er ihn vielleicht unter dem Schutz entdecken, dass es in dieser Nacht Spiegelungen des fernen Mondes gab.

Und das Glück war auf seiner Seite, denn bei der Suche führte ihn der Schein eines Lagerfeuers zum Schmugglerlager. Er hatte ein Feuer angezündet, um etwas Trockenfleisch zu rösten.

Caro, die ihre Glückssterne segnete, ging an einen nicht weit entfernten Ort und beschloss, die Nacht wach zu verbringen. Als der Schmuggler das Feld geräumt hatte, konnte er seiner Spur folgen.

Im Morgengrauen machte sich sein Feind bereit zu gehen, aber es war etwas Unerwartetes, dass sein Pferd wieherte und Caros auf das Wiehern antwortete.

Der Schmuggler erkannte, dass ihn jemand in der Nähe ausspionierte, und feuerte ein Gewehr ab, aber Caro, als er erkannte, dass er das Inkognito nicht länger behalten konnte, wollte seinem Gegner keine Möglichkeiten geben und zog von dem Ort, der als Observatorium diente, ab Revolver und feuerte schnell.

Der Schmuggler, lebensgefährlich getroffen, konnte nicht im Sattel bleiben und fiel zu Boden und ließ das Gewehr fallen.

Caro sprang wie ein Tiger aus ihrem Versteck, den Revolver in der Hand, warf sich auf den Schmuggler und schlug ihm den Lauf der Waffe an den Kopf. Der Verwundete öffnete entsetzt die Augen, als er den Tod so nahe sah:

„Du schon wieder! Verdammt dein Skelett!

„Ich schon wieder, Freund, und dieser hier ist nicht so wie der, denn die Überraschung war meine. Wo bist du so einsam gegangen?

„Nach New Mexiko.

„Du bist in New Mexico, wusstest du das nicht?

„Ich meinte Santa Fe.

„Das dauert lange, Freund. Wo wartet Tymson auf dich?

„Ich weiß nicht, wovon du redest.

„Du weißt es gut. Sie haben sich in La Mesa mit Ihrem Chef und Morley getroffen. Du bist dorthin gegangen, um ihn zu treffen, und gestern hast du das Dorf am Vormittag verlassen. Soll ich dir mehr erzählen?

„Wenn Sie alles wissen, was fragen Sie dann? Lass mich in Frieden sterben.

„Nein, ich werde dich nicht in Frieden sterben lassen, wenn du nicht vorher etwas sagst. Hören Sie, ich kann Ihnen eine Chance geben, sich zu retten, wenn Sie das Wort ergreifen.

„Welche Möglichkeit?

„Sie sind verletzt, aber nicht tödlich. Sie können sich noch retten, wenn Ihnen jemand hilft. Sag mir, wo sich Tymson, Morley, der Rest der Gang und der Schmuggler gerade versammelt haben, und ich verschone dein Leben. Wenn du nicht sprichst, werde ich dir eine Kugel in den Kopf schießen, aber ich warne dich vor einem: Selbst wenn du nicht sprichst, werden wir nicht lange brauchen, um zu wissen, wo sie sind, weil du unwissentlich einen Ranger eingesetzt hast in der Band. Wie Sie wissen werden, bringen Sie nichts voran, retten Sie sich selbst oder andere, wenn Sie nicht sprechen. Die Band wird cool und wenn sie dich dort erwischen würdest du erschossen oder gehängt.

Der Schmuggler zögerte einen Moment und antwortete:

„Wenn du mich so gut wie möglich heilst und durchhältst, bis sie mich abholen, werde ich es dir sagen.

"Abgemacht. Warten.

Er durchsuchte die Reisetasche nach den Heilmitteln, die Rangers für Notfälle immer bei sich trugen, und entdeckte die Wunde. Er hatte eine Kugel in der Brust, die fürchterlich blutete.

Mit Wasser aus dem Weinschlauch wusch er die Wunde, machte einen mit Jod getränkten Fusselpfropfen und führte ihn in die Wunde ein, wodurch der Schmuggler vor Schmerzen schreien musste. Dann legte sie ihm eine Kompresse auf und ließ ihn im Gras liegen.

„Du bist da und ich kann es nicht besser machen. Sprich jetzt.

„Tymson ist mit seiner Bande und dem Schmuggler auf einem Hügel namens Cerro Alto, etwa vierzehn Meilen von hier entfernt, wieder vereint. Hier bereiten sich alle darauf vor, den Vorrat herauszunehmen.

"Sie sind viele?

„Ein paar Dutzend.

„In welche Richtung ist das?

„Gerade geradeaus. Es gibt keinen anderen Hügel in der Nähe.

Caro fragte nicht mehr. Er war daran interessiert, den Hügel zu entdecken, zu lokalisieren, ob es möglich war, sich ihm zu nähern und zu überprüfen, ob der Verwundete nicht gelogen hatte, und dann mit allen möglichen Daten nach El Paso zu galoppieren, Walter von seiner Entdeckung zu erzählen und sich dort vorzustellen mit drei Dutzend hartgesottenen Männern. Ranger sollen den Busch stürmen und keinen einzigen Schmuggler entkommen lassen.

Er ließ das Pferd des Verwundeten eingesperrt und stieg allein auf, er ging in Richtung des Berges davon.

Langsam näherte er sich dem vorgesehenen Platz, bis er in der Ferne die aufrechte Silhouette des Cerro Alto isoliert auf der Ebene entdeckte.

Zögernd blieb er stehen. Wenn er sich am helllichten Tag näherte, war er in ernsthafter Gefahr, entdeckt zu werden.

Das Beste, was er tun konnte, war, dort zu zelten, geduldig darauf zu warten, dass der Tag zu Ende ging, und als die Nacht im Schutz der Schatten hereinbrach, sich dem Berg nähern, durch einen seiner Spalten filtern und nach Tymsons Crew suchen, bis sie es lokalisiert. Dann, wenn er sicher war, dass sie sich im Busch befanden, konnte er sich zurückziehen, bevor die Sonne wieder schien, und in vollem Galopp, notfalls sein Pferd zerschlagen, El Paso erreichen und dem Kapitän seine Entdeckung melden.

Und seine Nerven unter Kontrolle, stieg er vom Pferd und bereitete sich darauf vor, geduldig auf das Reich der Schatten zu warten.

Kapitel IX

Die silbern beleuchteten Sterne begannen zu leuchten, als Schatten über das Moor fielen.

Caro machte sich daran, ihren Plan auszuführen. Er hatte Angst, dass Stunden später der Mond aufgehen würde, die Landschaft erhellen und seine Arbeit erschweren würde, und er musste sich beeilen, wenn er nicht am Erfolg scheitern wollte.

Langsam gewann er an Boden und näherte sich dem Berg. Er glaubte, dass es sehr schwierig war, ihn in der herrschenden Dunkelheit zu entdecken, und als er sich in den Ausläufern des Felsmassivs befand, sperrte er sein Pferd an einer Stelle ein, die es ihm ermöglichte, ihn bald zu erreichen, und beschloss mutig, darauf einzusteigen unbekannte Handlung.

Er vertraute seinem Mut, seiner Besonnenheit und der sehr geringen Klarheit, die vorherrschte. Alles würde ihn beschützen und ihm helfen, seinen Plan zu krönen.

Er stellte sich durch einige Schnitte vor, die er in der Nähe fand, und begann auf der Suche nach einer möglichen Zuflucht aufzusteigen. Die Stille war beeindruckend und nichts deutete darauf hin, dass er sich in der Nähe des Verstecks befinden könnte. Er ging mühsam vorwärts und musste sich zwischen den vielen Gabeln entscheiden, die ihm präsentiert wurden, aber sein Orientierungssinn führte ihn dazu, die zu wählen, die tiefer gingen in den Berg und nicht die, die ihn an seine Flanken treiben ließen.

Von Zeit zu Zeit blieb er stehen, hörte gespannt zu und ging ein wenig verwirrt weiter, aus Angst, dass er später Schwierigkeiten haben würde, aus diesem mysteriösen Labyrinth herauszukommen.

Er tastete seit einer halben Stunde den Boden ab, als er eines der Male, als er zuhörte, glaubte, zu seiner Rechten ein Stimmengemurmel und ein vor Freude wieherndes und zitterndes Pferd zu hören, versuchte er sich zu orientieren, um an die Stelle zu gelangen, die schien ihm der Gegenstand seiner Ängste.

Als er Fortschritte machte, wuchs sein Misstrauen. Er hatte sich nicht geirrt; nicht weit entfernt muss es eine Ansammlung von Menschen gegeben haben, die in ihrem Refugium sorglos keine Vorkehrungen getroffen haben, um nicht entdeckt zu werden.

„Und ich ging weiter, bis ich die beiden hohen Klippen erreichte, die den Eingang zur Zuflucht gaben.

Freudig warf er sich zu Boden und kroch wie eine Eidechse weiter. Er wollte durch diesen schmalen Spalt spähen und sich, wenn möglich, im Lager umsehen; dann, wenn er sich seiner Entdeckung sicher war, zog er sich zurück, suchte den Ausgang vom Berg und galoppierte nach El Paso, um dem Kapitän alles zu berichten.

Aber plötzlich, als er auf dem Stein kroch, fiel etwas Schweres und Heftiges auf ihn, als ob es sich von der Felsspitze gelöst hätte, und als er erkennen wollte, was es war, hatten sie ihm einen harten Schlag auf den Kopf gegeben und zwei eiserne Hände drückten seine Kehle, bis er erstickte.

Und in der Angst vor dieser tragischen Situation hörte er ein seltsames Zischen und eine Stimme, die rief:

„Jackson, Jackson! Komm her und hilf mir, ich habe etwas sehr Interessantes gejagt.

Sofort packten ihn neue Hände, jemand entriss ihm den Revolver, hob ihn hoch und packte ihn wie ein Weichei bei den Armen.

"Nun, kleiner Freund, die Kuriositäten sind bezahlt und deine werden ihren Preis haben.

Sie durchdrangen die Spalte und Jackson schlug Alarm. Kurz darauf erschienen Tymson, Morley und Frederich alarmiert.

„Was ist los? Fragte der erste der drei.

„Diese Eidechse, die den Felsen hinaufkroch und so tat, als würde sie ihre Nase hier reinstecken.

Tymson biss wütend die Zähne zusammen. Die Anwesenheit des Eindringlings war sehr alarmierend, denn selbst wenn es nur einer war, deutete es darauf hin, dass sie ihm in einem so entscheidenden Moment wie diesem auf den Fersen waren.

Und wütend befahl er:

„Bring ihn zum Lagerfeuer; Ich möchte sein Gesicht sehen.

Caro, halb erstickt, ein Rinnsal Blut, das aus der Wunde floss, die den Schlag auf seine Stirn verursacht hatte, wurde zu einem Lagerfeuer geschoben. Alle Schmuggler rannten angespannt darauf zu, besessen von nervöser Neugier, zu wissen, wer der Eindringling war.

Harry, zusammen mit dem Cowboy, der sich ihm zur gleichen Zeit in der Gang angeschlossen hatte und mit dem er enge Freunde geworden war, falls er irgendwann an ihrer Freundschaft interessiert war, trat aus Angst vor dem, was passieren könnte. Er hielt es für selbstverständlich, dass nur ein Ranger so mutig sein konnte, dass er der Gefahr trotzen würde, indem er diese Tapferkeit beging.

Aber ihr Erstaunen war tragisch, als sie ihn ansah und Caro in ihm erkannte. Ein qualvoller Schauder schüttelte ihren Körper und sie glaubte zu Boden zu fallen. Instinktiv musste er sich am Arm seines Partners festhalten, um sich aufrecht zu halten.

Der Cowboy bemerkte es und fragte ihn mit leiser Stimme:

„Was ist los mit dir, Harry? Kennst du … ihn?

„Ja, und ich würde mein Leben geben, wenn es dazu dienen würde, Ihres zu retten.

„Wer ist es? Irgendein Ranger?

Harry nickte.

„Woher kennen Sie ihn?

„Ich behandle ihre Mutter und ihre Schwester, ein sehr hübsches und sehr gutes Mädchen.

„Ja, du magst das Mädchen. Warum dann …?

„Still, rede jetzt nicht. Ist besser.

Tymson, der all die Wut und Grausamkeit, zu der er fähig war, über sein hartes Gesicht nachdenkend, befahl Morley:

„Registriere ihn von oben bis unten.

Caro war nach dem ersten Moment der Panik wieder fertig. Er erkannte das Ende, das ihn erwartete, und wollte in einer mutigen Reaktion zeigen, dass er ein Mann war, der zu gewinnen und zu verlieren wusste und sich bei seinem Tod nicht als Feigling zeigte.

Und als sie sich an Harry erinnerte, suchte sie ihn ängstlich auf. Wenn er dort war, wie er es erwartet hatte, wollte er, dass er merkte, was für ein Mensch er war, und wenn er gerettet wurde, wollte er sehen, wie er bis zum letzten Moment seine Pflicht getan hatte und das Corps ehrte, dem er angehörte.

Als sie ihn entdeckte und ihre Augen wie Schwerter gekreuzt waren, blieben sie beide angespannt, aber keiner von ihnen verriet sich selbst, indem sie ihr Wissen anprangerte.

Plötzlich zeigte Morley triumphierend etwas und sagte:

„Das dachte ich mir, Boss. Sieh dir das an.

„Schon; mit Rangerabzeichen. Nun, Kumpel, du bist nicht der Erste, der neugierig in meine Angelegenheiten stecke und in die Hölle fahre, ohne deine Arbeit zu beenden. Mal sehen, was du uns zu sagen hast.

Und Caro brüllte in einem Anfall von Stolz:

„Einfach, dass ihr unanständige Schweine seid, die mit dem Leben vieler Männer Handel treiben. Ja, ich bin ein Ranger, ich erkläre es mit Stolz und es macht mir nichts aus, im Dienst zu sterben, weil ich weiß, dass hinter mir viele andere stehen, die meinen Tod rächen. Es wird nicht lange dauern, bis sie sich umdrehen und wenn wir uns in der Hölle treffen, werden wir über diese Angelegenheit sprechen.

Tymson trat vor, schlug ihn heftig und rief:

„Wir werden dich dort lange nicht sehen, du dreckiger Fährtenleser, weil ich zu viel wert bin, also kann mich niemand abschneiden. Wo sind die anderen? Sprich, oder ich zerreiße dich.

„Für mich ist es dasselbe, ich weiß es nicht, aber wenn ich es wüsste, würde ich es nicht sagen. Ich bin zufällig hierher gekommen, weil ich einen der Jungs überrascht habe, die das Boot bemannten, in dem sie versuchten, uns im Fluss zu ertränken, und ich habe ihn überwältigt und zum Sprechen gezwungen.

«Ich bin gekommen, um mich zu vergewissern, dass seine Anschuldigung wahr ist, und wenn ich gescheitert bin, schlimmer für mich, nicht deshalb, wird es jemanden geben, der mehr Glück hat als ich, und wenn er meinen Tod als etwas Außergewöhnliches feiert, werde ich seinen verbittern Erfolg, indem er ihm etwas erzählt, das er nicht weiß; Ich bin schon im Voraus gerächt wegen der vier, die die beiden Boote bemannten, keiner wird das Kunststück jemals wiederholen oder schmuggeln.

«Diejenigen, die dich zum Flussufer gebracht haben, haben den Pool nicht mit dem Boot verlassen, weil ich sie geladen habe, und von den beiden, die das Boot bemannten, in das wir törichterweise einschifften, leben mein Bruder und ich nicht. Einer ertrank im Fluss und ich überraschte den, der in La Mesa blieb, und folgte ihm, bis ich mit ihm fertig war. Jetzt kannst du mich töten, wann immer du willst, aber bedenke, was ein einzelner Waldläufer zu tun in der Lage war. Später werden dir die anderen viele Dinge zeigen, denn dieser Vorrat ... dieser Vorrat wird niemals nach Mexiko gelangen.

Ein allgemeines Geschrei begrüßte Caros mutige Aussage. Harry hatte Angst vor seinem Mut und sein Partner sah ihn erstaunt an.

Tymson, der seine Wut zurückhält, brüllt:

„Sei still. Halte Ausschau nach dem Pferd dieses Kerls, das irgendwo zurückgelassen wird. Du musst aufpassen, dass es keine Spuren seiner Anwesenheit gibt und wenn du es findest, bring es mit.

Dann fügte er hinzu und deutete Morley an:

„Wenn das Pferd hereingebracht wird, gebe ich dir weitere Befehle.

Und er begann wie ein tollwütiger Wolf durch die Schlucht zu laufen, während zwei Schmuggler ausgingen, um das Pferd zu suchen.

Harry war am Boden zerstört, als er erkannte, dass es keine menschliche Kraft gab, um Caro zu retten. Sie war zu weit gegangen, um etwas zu versuchen, das ihre Kräfte überstieg, und sie würde es mit ihrem Leben bezahlen, ohne dass er etwas zu ihren Gunsten tun konnte.

Der Cowboy, der Ruffus hieß, zupfte an Harrys Arm und rief heiser:

„Hast du gehört, was er gesagt hat? Dass die Schmuggelware Mexiko nicht erreicht. Glaubst du, es wird so sein?

Und Harry, der alles auf eine Karte setzte, antwortete:

„Ich glaube es nicht nur, ich weiß es auch.

"Wie?

„Hör mir zu, Ruffus. Ich weiß, dass es dir leid tut, dass du gekommen bist, und das Schicksal anderer tut mir leid. Es ist noch Zeit für dich, dich zu retten, wenn du willst.

"Wie?

„Dieser Ranger ist nicht der einzige, der der Gang auf den Fersen ist. Um sie herum gibt es mehrere andere Unsichtbare, und ich bin einer von ihnen. Ich werde in großer Gefahr sein, aber wenn die Zeit für den Kampf gekommen ist, kann ich dich retten, wenn du an meiner Seite stehst. Tymson steckt in einem Zaun fest, den er spürt, aber ignoriert, und ob er diesen Unglücklichen tötet oder nicht, sein Ende ist nahe.

Jetzt antworten. Du kannst mich auch denunzieren und sie werden mich damit töten, aber wenn es darum geht, die Gang zu besiegen, wirst du mit allen zusammenfallen. Wenn Sie hingegen bereit sind, mir bei Bedarf zu helfen, retten Sie sich, denn ich werde diejenige sein, die Sie unterstützt, damit Sie niemand auf die Liste der Unerwünschten aufnimmt.

Ruffus antwortete mit aufrichtigem Akzent:

„Ich weiß nicht, was passieren wird, Harry, aber ich schwöre dir, dass ich in allem an deiner Seite sein werde. Wenn ich sterben soll, ziehe ich es vor, es in Würde zu tun.

„Danke. Ich hoffe, wir haben ein bisschen mehr Glück als dieser tapfere Mann.

Eine Stunde später erschienen die beiden Raufbolde mit Caros Pferd.

Tymson kehrte zu seinem Gefangenen zurück und deutete an:

"Sehr gut. Binden Sie ihn gut fest, steigen Sie ihn auf das Pferd und bringen Sie ihn zum Teufelsplateau. Es ist ein idealer Ort mit einem guten Abgrund am Fuß, der seine Toten nicht zurückbringt. Nehmen Sie drei Männer mit", sagte er zu Morley und wenn er oben ist, mit ein paar Schüssen auf das Pferd und den Mann schickst du sie in den Abgrund, es ist sauberer und hinterlässt keine Spuren.

Morley lächelte und drehte den Kopf. Diejenigen, die ihm am nächsten standen, waren Harry, Ruffus und ein anderer.

Harry zitterte, als wäre ein Pulverfass in seinen Adern explodiert. Wenn ihm etwas fehlte, um seine Situation noch erstaunlicher zu machen, musste es der Henker seines unglücklichen Gefährten sein.

Und ein roter Blutschleier kreuzte seine Augen. Anstatt einen einzigen Schuss auf Caro abzufeuern, zog er es vor, sich damit zu beschäftigen.

Auch Ruffus war verzweifelt, als er den Schmerz seines Gefährten verstand.

Aber er reagierte schnell und bereitete sich darauf vor, Morley und den Gefangenen zu begleiten.

Caro wurde mit Handschellen gefesselt, auf das Pferd gelegt und seine Beine unter den Bauch des armen Tieres gesperrt.

Morley packte das Pferd am Zaumzeug und die drei als Hinrichtungsposten bezeichneten folgten.

Harry, der sich nicht damit abgefunden hatte, Caro sterben zu sehen, arbeitete seinen Kopf auf der Suche nach einer verzweifelten Lösung und folgte Morley zusammen mit Ruffus, während der andere Schmuggler an der Seite des Pferdes stand, für den Fall, dass der Reiter den Halt verlor. Balance.

Plötzlich legte Harry seinen Kopf dicht an Ruffus' Ohr und sagte:

„Wir müssen diesen Jungen retten.

„Wie?", zischte der verängstigte Cowboy.

„Hör mir zu. Wenn wir den Felsen erreichen und wenn diese beiden Geier abgelenkt sind, werden wir sie aus dem Schuss schießen und sie eliminieren. Dann werden wir Caro freilassen, damit sie entkommen und auf der Suche nach den Rangern galoppieren kann bald hier und das ist vorbei.

"Und wir?

„Wir können uns an einem vertretbaren Ort verstecken, von dem aus es uns nicht schwer fallen würde, jeden, der uns gesucht und verfolgt hat, aufzuhalten. Wir werden ein paar harte Stunden verbringen, aber wir werden den Standort gut auswählen und bleiben, bis die Ranger eintreffen. Es ist ein sehr tragfähiges Projekt und ich schwöre Ihnen, dass Sie nichts verlieren werden, wenn Sie es unterstützen.

Der Cowboy schwieg eine Weile, als sie auf der Suche nach dem tragischen Plateau davongingen. Harry sah ihn mit schmerzender Sehnsucht an und wartete auf seine Antwort.

Und der Cowboy nickte mit einem Nicken.

Harry fühlte, wie seine Hoffnungen wieder auflebten. Das Projekt war gefährlich, aber es gab kein anderes.

Sie kletterten auf rauen Pfaden und entfernten sich von der Höhle, bis sie eine große Höhe erreichten, deren Basis flach und nicht sehr breit war.

Als sie es erreichten, erkannte Harry seine Struktur. Auf der anderen Seite wurde es senkrecht geschnitten und sank in eine unkalkulierbare Tiefe.

Das Mondlicht tauchte den schicksalhaften Felsen düster, und Morley, der sein Pferd losließ, deutete an:

„Du weißt das nicht, oder? Na, pass auf. Dieser Kerl wird dort unten ein Skelett finden, das ihn willkommen heißen wird, damit er sich nicht so allein fühlt.

Er ging zusammen mit dem anderen Schmuggler zum Rand.

Harry entwarf schnell ein neues, einfacheres Projekt und drückte es Ruffus mit einer Geste aus. Dann trat er vor und als er Morley erreichte, der nach unten schaute, verlor er mit einem brutalen Stoß das Gleichgewicht und warf ihn ins Leere.

Ein beeindruckender Schrei zerriss die Stille. Der andere Unerwünschte wollte sich umdrehen, aber Ruffus, der seinen Partner imitierte, ließ ihm keine Zeit und warf ihn ebenfalls ins Leere.

Und dann herrschte ein qualvolles Schweigen, das Ruffus brach und sagte:

„Fertig, Harry. Was als nächstes kommt, kann das Schicksal aufzeigen.

Harry nahm ihre Hand und versicherte:

„Ruffus, mein Leben ist deinem voraus, wenn ich sterben muss. Was Sie getan haben, wird sich auszahlen.

Er rannte zu dem Pferd, löste Caros Fesseln, die vor Emotionen fast in Ohnmacht gefallen war.

„Schnell, Caro, raus aus dem Busch und suche unsere Gefährten. Fliegen Sie so viel wie Sie können, sonst wird der Erfolg nicht vollständig sein.

Aber der Junge rief aufgeregt:

„Harry, was du für mich und deinen Partner getan hast, werde ich auch nie vergessen, aber du hast dich für mich in Gefahr gebracht und ich kann dem nicht entkommen. Ich bleibe bei dir und...

„Genug", brüllte Harry. Du wirst sofort gehen oder das wäre nutzlos gewesen. Verlassen Sie uns, wir wissen, was wir zu tun haben. Wir werden bis zu Ihrer Ankunft durch die Felsen widerstehen. Zögern Sie nicht, sonst sind Sie der Schuldige, dass alles schief geht.

Caro wagte es nicht zu protestieren. Er schüttelte beiden die Hand und wählte auf einen Hinweis von Harry hin den Abstiegsweg aus dem Busch, bevor sie die anderen verfehlten und ihn jagen konnten.

Und als der tapfere Junge den Hügel hinunter verschwand, deutete Harry an:

„Und jetzt folge mir, Ruffus. Wir werden uns so weit wie möglich entfernen, während sie nicht erfahren, was passiert ist, und je höher wir steigen, desto besser werden wir uns verteidigen und desto besser werden wir die Landschaft abdecken, wenn meine Gefährten eintreffen. Ich bin sehr glücklich, weil ich denke, dass dies der letzte Kampf sein wird.

Und gefolgt von Ruffus begannen sie, Höhen zu erklimmen, aufzusteigen und sich so weit wie möglich von der Höhle zu entfernen.

Dabei hofften sie, die Detonationen abzufangen. Obwohl das Plateau etwas abgelegen war, konnten die Schüsse dort landen und alle warteten gespannt.

Mehr als eine halbe Stunde verging, bis Tymson empört brüllte:

„Was zum Teufel machen diese Arschlöcher? Sie sollten inzwischen wieder da sein.

Und Friedrich knurrte unruhig:

"Ich werde sehen, was passiert, ich mag das nicht.

Er eilte zum Felsen, aber als er oben ankam, entdeckte er keine Spuren der fünf Männer, die eine halbe Stunde zuvor die Höhle verlassen hatten und eine tragische Vorahnung besaßen, kehrte er schnell zurück und rief:

„Boss, niemand ist zu sehen.

"Was sagst du?

„Dass es keine Spur von Männern oder Pferden gibt. Ich erkläre dies nicht.

Tymson verlor bei dieser Aussage die Beherrschung und stürzte sich auf den Felsen, gefolgt von einigen seiner Männer. Aber der Rekord war vergebens. Es schien, als hätte der Abgrund sie alle verschluckt.

Und wütend begann er, Befehle zu geben:

"Das kann nicht sein. Etwas ist passiert und ernstes. Suche überall, bis du einen findest. Zwei, die auf Pferden reiten und in die Ebene gehen, um zu sehen, ob sie etwas entdecken. Ich fürchte viele Dinge und zum Teufel, das ist schon zu viel.

Und während zwei zu Pferd ritten und den Berg hinabstiegen, verschwanden die anderen durch die Unfälle des Landes auf der Suche nach den fünf.

Aber seine Bemühungen waren vergeblich. Die Nacht half auch nicht und sie drohten, sie zumindest bis zum Sonnenaufgang bei einer nutzlosen Suche zu verlieren.

Kapitel X

DAS ENDE DER FEAT

Überglücklich über das unerwartete Ende ihres tragischen Abenteuers galoppierte Caro wie ein Speer im vollen Licht des glühenden Mondes. Sein Wunsch war es, so schnell wie möglich nach El Paso zu kommen, um von seiner Odyssee zu berichten und die Hilfe aller verfügbaren Ranger in Anspruch zu nehmen. Der tapfere Harry war seinetwegen in einer sehr gefährlichen Situation und er musste sich auf die gleiche Weise mit ihm erwidern.

Der Tag war lang und anstrengend und im Morgengrauen zeigte das Pferd eine brutale Müdigkeit, die drohte zusammenzubrechen.

Und als er sich verzweifelt übers Haar strich, durchquerten zwei Reiter die Landschaft. Sie waren der Vorarbeiter einer Ranch und ein Arbeiter auf dem Weg zu seiner Ranch.

Caro verlor keine Zeit. Er machte sich bekannt, erklärte die Situation und bat darum, eines der Pferde zu leihen und seins zu behalten. Der Vorarbeiter stimmte dem Wechsel zu und Caro setzte ihre anstrengende Reise fort.

Als er in El Paso ankam, erschöpft, Blut floss aus seiner Kopfwunde und mit dem Zeichen des brutalen Schlags, den Tymson ihm verpasst hatte, hatte er fast keine Kraft mehr, seine Odyssee zu erzählen. Kapitän Walter hörte ihm mit angespannter Nervosität zu und fragte dann:

„Du sagst, der Berg heißt Cerro Alto?

„Das ist der Name, den sie mir gegeben haben.

„Nun. Zieh dich zurück und ruhe dich aus. Ich weiß, wo es ist und ich brauche deinen Wettkampf nicht. Du würdest mitten auf der Straße bleiben und deine Anstrengung wäre nutzlos. Du hast deine Energie erschöpft und es geht dir gut.

Caro hörte ihn kaum; er schlief auf dem Stuhl sitzend ein.

Der Kapitän brachte ihn ins Bett und begann schnell, Männer zu rufen. Er gab ihnen eine Viertelstunde, um sie zu besteigen und für den Marsch auszurüsten.

Bob, der sich fast erholt hatte, wollte sich dem Spiel anschließen. Harrys Leistung, das Leben seines Bruders zu retten, als er hoffnungslos verloren war, verlangte eine gleiche Entschädigung und er war bereit, sein eigenes zu opfern, um Harry zu retten.

Vierzig Mann bildeten den Kader. Kapitän Walter war bereit, dem Feind keine Zugeständnisse zu machen, sondern ihn für immer zu vernichten, und war an der Spitze, um die Operation persönlich zu leiten.

Mit periodischen Pausen von einer Stunde, um Kraft zu tanken und den Pferden eine Ruhepause zu geben, ritten sie den ganzen Tag und die ganze Nacht. Dieses System von Stopps erlaubte eine größere Anstrengung im Vormarsch, obwohl alle den Schlaf und die Müdigkeit beschuldigten.

Und es war Mittag, als sie einen Blick auf den Cerro Alto gaben, wo der Kampf enden sollte.

Die Ebene war menschenleer, und dies deutete darauf hin, dass Tymsons Bande, wenn sie nicht geflohen war, im Busch versteckt werden musste.

Und da war es, denn der Schmugglerchef hatte sich nach Abwägung des Für und Wider entschieden, nicht auf die Ebene zu gehen. Wenn es einige Verteidigungsmöglichkeiten gab und sie erfolgreich waren, dann dort, zwischen den Felsen, wo sie Zentimeter für Zentimeter verteidigt werden konnten.

Das Schlimme für ihn war, dass er auf unerwartete Weise acht Mann seiner Mannschaft verloren hatte und dies zum Zeitpunkt des Kampfes sehr auffällig sein würde.

Als sich die Landbevölkerung dem Berg näherte, drang das Donnern intensiver Schüsse an ihre Ohren und hallte durch die Mulden des Berges. Nach einer ängstlichen Suche hatten sie es geschafft, Harry und seinen Begleiter ausfindig zu machen und hatten all ihren Mut darauf verwendet, sie zu jagen, da sie vermuteten, dass ihr Verrat den Gefangenen befreit und Morley und seinen Begleiter beseitigt hatte.

Aber die beiden Mutigen hatten eine schwierige Höhe gefunden und waren darauf stark geworden. Geschützt von den felsigen Überhängen des Felsens erschossen sie jeden, der sich näherte und versuchten, sie in Reichweite zu bringen oder nach oben zu klettern, und hatten bereits zwei weitere Schmuggler ausgeschaltet.

Aber sie wurden belagert, ohne Nahrung, ohne Wasser und mit nichts, was sie in den Mund nehmen konnten. Es waren achtundvierzig Stunden tödlicher Qual, die sich wie wilde Tiere verteidigten und sich in der Nacht bei der Überwachung abwechselten, um nicht überrascht zu werden.

Beide hatten trockene Münder, da Espartogras und Hunger sie plagten, aber sie kämpften weiter erbittert und sparten an der Leine. Ihre Gegner versuchten, sie zu zwingen, ihre Reserven zu erschöpfen und sie dann ihrer Gnade auszusetzen, aber beide feuerten nur, wenn sie in Gefahr waren oder wenn sie dachten, jemand sei in Reichweite ihrer Schüsse.

Ruffus schien verzweifelt, dass sie rechtzeitig eintreffen würden, um sie zu retten, aber Harry feuerte ihn an. Er war sich sicher, dass der Tag nicht enden würde, ohne dass die Rangers auftauchten.

Und er lag nicht falsch. Kurz vor Mittag entdeckte Harry von seiner Größe aus eine kompakte Masse, die zwischen Staubwolken vorrückte und erregt ausrief:

„Ruffus, Achtung! Die Ranger!

Der Cowboy blickte mit geröteten Augen über die Ebene und schauderte. Die Staubwelle sauste in weiten Bahnen vorwärts.

Wie viele werden kommen, Harry?

„Genug, keine Sorge, Kumpel.

Ein ohrenbetäubender Schrei brach zwischen den Felsbrocken hervor. Die Schmuggler hatten gerade ihre jahrhundertealten Feinde entdeckt, und die Verwirrung hatte sie ergriffen.

Tymson, wütend bis zum Anfall, begann wie verrückt Befehle zu erteilen. Alle Zugänge zum Berg mussten versperrt werden, um die Rangers daran zu hindern, ihn zu betreten.

Dies zwang sie, Harry und seinen Partner zu ignorieren. Die Gefahr lag woanders, und die beiden Belagerten schienen sie nicht zu beunruhigen.

Aber er achtete darauf, einen Mann im Hinterhalt zu lassen, um zu verhindern, dass er seinen Unterschlupf verließ und ihm zu einem Keil in den Rücken wurde. Sie mussten sie dort bewegungsunfähig machen, während die anderen dem Uniformiertentrupp gegenüberstanden.

Bald waren sie am Fuße des Berges und breiteten sich überall aus, um das kleinste Ziel zu bieten und gleichzeitig die feindlichen Streitkräfte zu entzweien und sie leichter angreifen zu können.

Ihre müden Pferde galoppierten hin und her, während die ausgezeichneten Gewehre der Kundschafter gegen die Klippen schossen, wo sie die Silhouette eines Schmugglers erblickten oder die Detonation ihrer Waffen erhaschten.

Als der Kampf allgemein wurde, lud Harry, der nicht untätig bleiben wollte, seinen Partner ein:

„Sollen wir runter? Ich denke, dass wir hinten sehr nützlich sein können.

"Wie auch immer, um diese Tortur zu beenden", brüllte der Cowboy, vor allem verdurstet.

Harry war der Erste, der den Abstieg versuchte. Er beugte sich vor und sah nach unten, ohne jemanden zu sehen. Dann begann er vorsichtig abzusteigen.

Und als er mitten im Hang war, vibrierte eine Detonation von einem Felsen. Harry spürte, wie die Glut der Kugel seine Seite berührte und er brüllte vor Schmerz, aber schnell feuerte er, als er entdeckte, dass ein Kopf herausragte, um die Wirkung seines Schusses aufzufangen.

Der Schmuggler wurde von der Kugel, die in seinen Schädel eingedrungen war, niedergestreckt und es wurden keine Schüsse mehr auf ihn abgefeuert.

Harry sank unbehaglich weiter hinab. Die Kugel war durch seine Seite gerissen, und er spürte die sengende Bürste, als er sich bewegte, aber hart wie Stahl, er würde nicht in Passivität verbannt werden.

Beide erreichten den Fuß des Felsens und Ruffus, der den Zustand seines Gefährten erkannte, hatte Angst:

„Was war das, Harry?

„Nichts Wichtiges, Ruffus. Ein Kratzer Gehen Sie voran, es gibt etwas Dringenderes zu tun.

Und er legte das Taschentuch auf die Wunde unter seiner Kleidung und schnürte seinen Gürtel, um ihn zu stützen.

Und mühsam marschierte er mit seinem Revolver in der Hand vorwärts und führte sich am Tosen der Schüsse zu der Stelle, an der die Schmuggler den Eingang zum Berg verteidigten.

Aber die Taktik der Rangers und ihre größere Zahl setzten sich durch. Tymsons Männer waren bei ihrem Versuch, den Durchgang nach innen abzuschneiden, gezwungen worden, sich zu weit zu öffnen und den Kontakt zu verlieren, und das zwang sie, eins gegen zwei und manchmal gegen drei zu kämpfen.

Und so hatten es einige Ranger glücklicherweise geschafft, nachdem sie das Hindernis, das sich ihnen entgegenstellte, aus dem Weg geräumt hatten, einige Risse zu durchdringen, während andere immer noch damit kämpften, den Rest der Verteidigung zu durchbrechen.

Bald breitete sich Panik aus. Es gab Ranger im Busch. Sie hatten zwei von hinten gejagt und die anderen zogen sich, ohne zu wissen, was sie tun sollten, auf der Suche nach neuen Positionen zurück. Sie hatten bereits einige Verluste erlitten und ihre Kampfkraft nahm ab.

Harry und sein Partner gingen den Rücken hinauf. Sie nahmen bald Kontakt mit einem sich zurückziehenden auf und schlugen ihn nieder, bevor er Zeit hatte, sich vor der neuen Gefahr zu schützen, und der Zaun wurde für Gesetzlose gefährlich enger.

Tymson, der als tapferster seiner Männer tapfer gekämpft hatte, erkannte, dass alles verloren war und beschloss, wenn möglich, ein gewagtes Manöver zu versuchen, um zu entkommen.

Er suchte sein Pferd und schleuderte es durch die Kiefern und Felspfade zum Fuß des Berges, um den Ausgang zu suchen. Wenn es ihm gelungen wäre, den Zaun zu durchbrechen, wäre er gerettet worden, und wenn nicht, würde er nicht kleinlaut dort eingesperrt fallen.

Er ging einen Pfad im Halbkreis hinab, als Harry, der die Höhe einiger Felsen erreicht hatte, um die Landschaft besser zu erfassen, ihn unter sich galoppieren sah, den Felsen auf der Suche nach Flucht umfahrend und befürchtet, dass er in seinem Wagemut Erfolg haben würde holt ihn ein. Schießen. Doch sein Revolver klemmte und er musste verzweifelt die Jagd aufgeben.

Aber plötzlich, in einer brutalen Reaktion, rannte er auf die andere Seite des Felsblocks und sah nach unten. Tymson umrundete die Klippe und würde bald darunter hindurchgehen.

Und ohne zu zögern wartete er. Dann zuckte er zusammen, sprang und fiel auf den Schmuggler, der unter ihm durchquerte.

Sie rollten beide wie ein seltsamer Ball, der vom Pferd fällt. Das verängstigte Tier galoppierte weiter allein, und die beiden Feinde kämpften in einer tödlichen Umarmung einen Moment lang auf dem Stein des schmalen Pfades.

Aber Harry, der den Vorteil hatte, oben gefallen zu sein, schaffte es, den Banditen am Hals zu packen und als er versuchte, ihn mit seinen Knien abzuschütteln, grub sie sie brutal in seine Brust und verursachte noch mehr Schmerzen in seiner Seite, er schüttelte heftig den Kopf. krampfhafte Bewegungen und der Schädel des Schmugglers krachte in einer dumpfen, irrsinnigen Rolle in den Stein des Weges, bis er in den Händen des Rangers schlaff lag.

Zögernd stand er mit trübem Augenlicht auf, seine Schläfen brannten und ein gewaltiges Geräusch in seinem Kopf und brach wie eine Puppe zusammen, als Ruffus ihm zu Hilfe kam.

Inzwischen ließ der Kampf nach. Mehr als die Hälfte der Schmuggler war gefallen, andere Verwundete verteidigten sich brutal und einige versuchten, in die Spalten des Waldes zu fliehen, die von den Rangers verfolgt wurden, die nicht gewillt waren, auch nur einen davon fliehen zu lassen.

Bob und Captain Walter suchten eifrig nach Harry und fürchteten um sein Leben, da er ihn laut Caro bei jemandem zurückgelassen hatte, der ihm half, den Banditen ausgeliefert zu sein.

Schließlich betrat Bob suchend den Pfad, in den Tymson und Harry gerade gefallen waren. Ruffus, neben ihm, beugte sich über den Ranger und versuchte ihm zu helfen, da sein erster Eindruck war, dass er aufgrund einer im Kampf erlittenen Wunde tot gefallen war.

Der Sergeant streckte der Gruppe gegenüber den Arm aus und präsentierte den Revolver, während er befahl:

"Hände hoch!

Ruffus gehorchte schnell und schrie:

„Nicht schießen, Sergeant. Ich bin derjenige, der Harry geholfen hat, den Gefangenen zu retten und …

Bob senkte den Arm, trat dem Cowboy voraus, bot ihm seine Hand an und sagte:

„Bist du derjenige, der Harry geholfen hat, diejenigen, die meinen Bruder Caro töten wollten, in den Abgrund zu werfen?

„Sein Bruder? Nun ja, ich bin es … Er kann es bestätigen, wenn er zu sich kommt, und das … das ist Tymson, der Crew-Chef zu Pferd. Ich warne dich, dass du verletzt bist. Wir wurden in letzter Minute erschossen, als wir aus dem Tierheim stiegen, in dem wir seit der Flucht seines Bruders untergebracht sind.

Bob rief einen Ranger, der neben ihm schoss und zwischen den dreien hoben sie Harrys Leiche hoch, um ihn da rauszuholen. Sie kannten seinen Schwerezustand nicht, aber alles musste für ihn getan werden.

Nach und nach wurde der Kampf weniger. Drinnen ertönten lose Schüsse; Sie waren Ranger, die die letzten Überlebenden jagten, und die Ranger begannen sich um ihren Kapitän zu versammeln.

Bald verbreitete sich die Nachricht, dass Harry gefunden worden war und Walter eilte ihm entgegen. Bob stellte ihn dem Cowboy vor, der so viel zum Erfolg des Unternehmens beigetragen hatte, und der tapfere Ranger wurde aus dem Busch geholt und auf das Gras gelegt, um eine Notfallbehandlung durchzuführen.

Währenddessen rief der Kapitän, der sich Ruffus näherte, aus:

„Sie werden mir alles erzählen, aber im Moment interessiert mich, was mit der Schmuggelware passiert ist.

„Folgen Sie mir und ich werde Sie dorthin bringen, wo Sie bereit sind, hier herausgeholt und nach Mexiko überführt zu werden. Die Idee war, es als Viehfutter auszugeben und in das Nachbarland einzuführen, nicht durch den Fluss, sondern durch die New-Mexico-Kluft.

Er brachte sie in die Höhle und zeigte ihnen die zertrümmerten Kisten und die Waden, die auf die Waggons geladen waren.

„Sehr genial", sagte der Kapitän, „und es ist vielleicht nicht das erste Mal, dass Waffen dieses Verfahren durchlaufen. Was den Schmuggel angeht, wird es sehr interessant sein zu untersuchen, wie diese Kisten aus den Lagern der Intendancy kamen. Das müssen die Militärbehörden zu gegebener Zeit herausfinden.

Nachdem überprüft wurde, dass der Cache dort nicht verschwunden war, bestand die unmittelbare Aufgabe darin, den Hügel von niedergeschlagenen Elementen zu säubern. Es gab ein Dutzend Tote, mehrere Verwundete und zwei Gefangene.

Zwei Ranger hatten ebenfalls leichte Verletzungen und wurden von ihren Begleitern genauso behandelt, wie Harry behandelt worden war.

Während dieser Operation verhörte der Kapitän Ruffus. Er war fasziniert von ihrer Anwesenheit dort und ihrer Hilfe für Harry.

Der Cowboy erzählte, wie sie ihn ausgetrickst hatten und wie er sich mit Harry anfreundete, der schließlich seinen Ranger-Status enthüllte und versprach, ihm zu helfen, nicht wie Schmuggler behandelt zu werden. Er hatte sein Bestes gegeben und dank dessen war Caro in der Lage gewesen, sich selbst zu retten und sie zu warnen, damit sie rechtzeitig ankommen würden, um sie vor der Belagerung zu retten und in den Cache eingreifen zu können.

Der Kapitän sagte, nachdem er die Geschichte gehört hatte:

„Sehr guter Junge, du hast dich anständig und mutig benommen und verdienst eine Belohnung. Haben Sie Interesse, sich meiner Abteilung anzuschließen?

"Wie? Ich Ranger?

„Bei Interesse werden Sie ab sofort zugelassen. Sie haben genug Verdienste für Ihr Einkommen erzielt.

„Oh, natürlich tue ich das! Ich war arbeitslos und das gefällt mir besonders gut, so mutige und entschlossene Männer wie Harry und den Bruder des Sergeants an meiner Seite zu haben.

„Nun, nichts mehr, Ruffus. Von diesem Moment an bist du mehr im Körper.

Die Nacht brach über ihnen herein und sie mussten in der Schmugglerunterkunft zelten, wo sie alles fanden, was sie für ihren Lebensunterhalt brauchten, da sie gut bestückt waren.

Ruffus schlief wie ein Siebenschläfer, der sich für die vorherigen Wachen rächt und am nächsten Morgen war alles organisiert, um den Hügel von Leichen zu säubern und die Schmuggelware von dort zu entfernen.

Als es gepackt war, wurde es auf die Wiese gebracht. Die Verwundeten wurden in einem Bett aus Waden und Decken untergebracht und die Toten und Gefangenen in einem Karren zum Transport nach El Paso untergebracht.

Und die riesige Karawane setzte sich in Bewegung.

* * *

Als sie El Paso erreichten, freute sich Caro, die sich von ihrer Erschöpfung erholt hatte, auf die Rückkehr ihrer Gefährten. Er fürchtete um das Leben der beiden tapferen Männer, die so viel riskiert hatten, um ihn zu retten.

Als er sie endlich ankommen sah, rannte er seinem Bruder entgegen und fragte eifrig:

„Bob und Harry?

„Keine Sorge, es kommt in einem Wagen. Sie schlagen ihn auf die Seite, aber es ist nichts Ernstes.

„Und der andere, der ihm geholfen hat?

„Er kommt auch mit uns. Der Kapitän hat Sie ins Corps aufgenommen.

„Ich bin froh, er war ein tapferer Mann. Was machen wir jetzt mit Harry?

„Nun, heile ihn, was sollen wir tun?

„Bob, wir sollten ihn nach Hause bringen. Ich wäre dort besser aufgehoben und Mutter und Cynthia möchten dich sehen, um dir für das zu danken, was du für mich getan hast.

„Sehr gut, Caro. Ich werde dem Kapitän einen Antrag machen.

* * *

Harry wurde in die Kabine gebracht, wo ein Bett für ihn aufgestellt war und wo der Arzt ging um ihn zu behandeln und Cynthia tat alles, um sich um ihn zu kümmern.

Der Verwundete litt zwei Tage unter Fieber, bis es nachließ und der tapfere Ranger die Realität erkannte.

Er war überwältigt, als Caros Mutter und die junge Cynthia ihre Anerkennung für seinen Heldenmut bei der Rettung von Caros Leben vehement zum Ausdruck brachten. Er entschuldigte sich, indem er sagte, es sei alles die Arbeit des Dienstes gewesen und es sei egal.

Er war sehr glücklich, als sie ihm erzählten, dass die Bande ausgerottet worden war und dass Ruffus ein weiterer Ranger im Corps wurde.

„Ich bin froh", rief er aus, „er hat es sich mehr als verdient.

Drei Tage lang sah er keinen der Reggs, aber er vermisste sie auch nicht. Die angenehme Gesellschaft von Cynthia genügte ihm, die ihn mit Fragen belästigte und nichts tat, als sie nach Einzelheiten seiner ganzen Odyssee zu fragen.

Am dritten Tag war er überrascht, als er den Kapitän, Bob und Caro ankommen sah. Dieser passte nicht in die Uniform, an deren Ärmel er die Umhangstreifen trug.

Harry, der sie sah, lächelte und sagte:

„Herzlichen Glückwunsch, Caro. Du hast es verdient.

Und der Kapitän intervenierte und sagte:

„In der Tat, Sergeant Harry, Sie haben es verdient. Ich persönlich komme, um Ihnen mitzuteilen, dass Sie auf der Tagesordnung gelobt worden sind und dass der Chef der Division beschlossen hat, Ihren Rang in der Armee im Korps anzuerkennen. Von diesem Moment an sind Sie der Ranger-Sergeant. Harry Parker.

Danke, mein Kapitän. Ich war entschlossen, mein Bestes zu geben, um es zu verdienen, und ich bin stolz, es geschafft zu haben, weil ich immer geglaubt habe, dass ich als Ranger geboren wurde. Ich wünsche mir nicht mehr, dass mir neue Gelegenheiten geboten werden, meine Beförderung zu unterstützen und dem Korps, soweit meine Kräfte reichen können, nützlich zu sein.

„Sehr gut, Sergeant Harry. Jetzt, um sich zu erholen, und wenn der Arzt ihn entlässt, erhält er einen fünfzehntägigen Erholungsurlaub. Der Tag war sehr hart und er verdient diese Ruhe.

Ich sehe, dass Sie hier wie ein Kind verwöhnt werden und feiere es, denn schließlich haben Sie dazu beigetragen, das Glück dieser guten Familie zu erhalten. Lass den Streifen weitergehen.

Und er sagte es mit einem Lächeln und einem ausdrucksvollen Augenzwinkern, was Cynthia erröten ließ und den Verwundeten ziemlich verstörte. Von diesem Moment an begann Harry sich schnell zu erholen und stand bald von seinem Bett auf und verbrachte die Stunden damit, in der Sonne an der Tür der Hütte zu sitzen, begleitet von Cynthia, die sich aufgrund der Anwesenheit von von einer enormen Dynamik besessen fühlte der Ranger.

Eines Tages sagte Harry traurig:

„Cynthia, es tut mir sehr leid, Ihnen mitteilen zu müssen, dass ich wiederhergestellt bin und bald wieder der Division beitreten muss.

„Und Sie bedauern, wiederhergestellt worden zu sein?

„Ja, denn jetzt werde ich gezwungen sein, hier wegzugehen und sie nicht ständig an meiner Seite zu haben.

„Aber Sie können kommen, wenn Ihr Beruf es Ihnen erlaubt.

„Ja, das würde mir natürlich sehr gefallen.

„Hält dich jemand auf?

„Nein, natürlich, aber ich hätte gerne etwas anderes.

"Die Tatsache, dass?

„Dass Sie mich ermächtigen, als mehr als ein Patient und ein Freund zu kommen.

"Wie dann?

„Hast du mich nicht verstanden? Ich mag dich sehr, Cynthia, und ich bin überzeugt, dass mein Glück vollkommen sein wird, wenn ich mich meiner Beförderung anschließe, in der Hoffnung, eines Tages ein Mitglied der Familie zu werden. Wenn das Schicksal uns spirituell zusammenführte, in einem engen Band aus Kameradschaft und Abenteuer, wäre es dann zu viel, dieses Band zu streben, das uns enger verbindet? Ich weiß nicht, ob ich das Verdienst habe, danach zu streben, und ich wünschte, es würde mich enttäuschen oder mir etwas Hoffnung geben. Wenn mir das gelingt, würde ich mich als den glücklichsten Mann der Welt bezeichnen.

Und Cynthia senkte den Kopf und murmelte:

„Harry, du verdienst das und mehr. Es hat das Leben meines Bruders gerettet und es hat uns sehr glücklich gemacht; Warum nicht das Glück mit Glück zurückgeben, wenn ich gleichzeitig auch danach streben kann, die glücklichste Frau zu sein?

Harry nahm ihre Hand und schüttelte sie mit Emotion und Stille. Er fühlte sich so glücklich, dass er keine Worte fand, um sein Glück auszudrücken.

ENDE